ハヤカワ
時代ミステリ文庫
〈JA1426〉

吉原美味草紙
おせっかいの長芋きんとん

出水千春

早川書房

8502

目次

吉原美味草紙

おせっかいの長芋きんとん

登場人物

さくら（平山桜子）…………料理人を目指す武家の娘

力也…………さくらのいとこ

竜次…………料理人

武田伊織…………さくらの幼なじみ

長兵衛…………妓楼〈佐野槌屋〉の楼主

お勢以…………長兵衛の妻

おるい…………長兵衛の娘

佐川…………〈佐野槌屋〉の花魁

小菊…………〈佐野槌屋〉の花魁

つるじ…………佐川の禿

はつね…………佐川の禿

千歳…………振袖新造

袖浦…………振袖新造

辰五郎…………俠客の親分

塚本左門…………隠密廻り同心

第一話　さくらの夢と長芋きんとん

一

（まるで天満の天神さんのお祭りみたいやなあ）

江戸に着いたばかりの平山桜子の胸は、幼い子供のように弾んだ。

両国広小路は、さまざまな人たちが楽しげに行き交って、一月の末というのに汗ばむほどの熱気だった。

「お立ち会い、何の因果か、生まれもつかぬ蛇娘たあ、この娘のこった」

見世物小屋では、がらがら声の口上が大声でお客を呼び込んでいる。けばけばしい看板から、インチキ臭さがぷんぷんにおってきて、桜子はくすりと笑った。

（お江戸は人の数がちゃう。華やかさがちゃうわ。思い切って大坂から出てきて良かった）

心がますます浮き立ってきた。

たくさんののぼりが立った芝居小屋の向こうに、食べ物屋の屋台がいくつも見えた。

お腹がぐ〜っと鳴って、桜子の足はずんずん速くなった。近づくほど、美味しそうな匂いが強く漂ってくる。

(無駄遣いは禁物や。けど、見物するのはただや。ほんま、ほんまに見るだけ)

老若男女がぷらぷら歩きながら、楽しげに買い食いしている。仕事の合間にやって来た、大工や職人の姿も目立った。

(江戸っちゅうと、やっぱしお鮨やろか)

にぎり鮨がずらりと並べられていた。コノシロの銀色、白魚の純白、穴子の焦げ茶色、海老の赤や玉子の黄色、色とりどりの具と酢飯の香りが食欲をそそった。生唾がどんどんわいてくる。

(それにしても、お鮨の一個、一個がえらい大きいんやなあ)

仕事の合間に食べにくる大工や職人のため、江戸の鮨はお握りのような大きさに作られている。桜子は感心しながら人差し指を下唇に押し当てた。

隣はおでんの屋台だった。串に刺した、豆腐やこんにゃく、はんぺん、ちくわに、里芋、大根などが、鍋の中でほわほわと湯気をたてている。鰹と昆布の出汁をきかせた、つゆの匂いに鼻をくすぐられ、足が勝手にふらふらと……。

口の中のつばがとまらない。早朝に品川宿を立つとき、朝餉をたっぷり食べてきたものの、江戸まで二里の道を歩いたので、お腹の中はすっかり空になっていた。

（お鮨は一貫が八文もするけど、他は皆一つ四文やし、どれか一つだけ食べてみよ）

思案の末、一歩を踏み出した。だが、あと数歩のところでぴたりと止まった。

（ええんやろか。父上が見てはったら、えらい叱られてるとこや）

立ち食いする屋台は下賤なものとされている。歴とした侍や、身なりの良い町人たちは、本心はともかく、すました顔で屋台の前を素通りしていく。

風がふわりと吹いて、出汁と醤油の匂いが桜子の鼻先をくすぐっていった。

（ま、ええか。わたしは武家の生まれちゅうても、長年浪人の家柄やねんしな）

心の中でぺろりと舌を出しながら、まっすぐ、おでんの屋台に近づいた。

屋台の主人に声をかけようとしたときだった。おでん屋の向こうから、天ぷらを揚げる、言い表せないほど良い香りが漂ってきた。

（うわ～、まだもう一軒あったんか）

天ぷらの屋台は奥まった場所にあり、他の屋台と三間も離れていた。大勢の人たちが周りを取り囲むように群がっている。

天ぷらは『タネが七分で腕三分』で、新鮮なタネなら誰でも美味しくできるといわれる。江戸は新鮮な魚貝が豊富なので、他の屋台より、味に当たり外れがなさそうだった。

（ようし、決めた。まず最初に食べる江戸の味っちゅうこっちゃ）

桜子はわくわくしながら天ぷらの屋台に近づいた。天ぷらが油の中で奏でる、しゅわしゅわという軽快な音が食欲をそそった。胡麻油の濃厚で香ばしい香りが胃の腑をぎゅっとつかむ。次々に天ぷらが揚がり、簀の子を敷いた大皿に並べられていく。四文支払った客が、串に刺した天ぷらをふうふう言いながら食べている。一人で何枚も食べるため、屋台を取り巻く人垣に、なかなか隙間ができなかった。

（どないな人が、どないなふうに揚げてるんやろ）

屋台の横に回ってみた。屋台は若い夫婦二人で切り盛りされていた。ねじりはちまきをして、首に手拭いを巻いた亭主は、仁王さまのような大男だった。暑そうにふうふう言いながら、タネに衣をつけて、「ほいよ」とか「あらよっ」などと妙な合の手を入れながら、おかみさんに一枚ずつ手渡している。受け取ったおかみさんが手際よく揚げていく。天ぷらのタネは開いたあじばかりだった。

亭主と目が合った。亭主は、汗みどろな顔に、ひとなつっこい笑みを浮かべた。

「ちょっと待ってな。すぐに空くからよ」

お江戸の言葉は歯切れが良い。

「おいらは福助ってんだ。姐さん、あんた、いってえ、どっから来たんでえ」

そう名乗った亭主は、桜子の旅装束を、無遠慮にじろじろ見ながら尋ねた。

「平山桜子といいます。大坂の天満から来ました。今朝、江戸に着いたばかりです」

「そうかい。で、親戚でも訪ねて来たのかい。それとも奉公先を探して？」

手は忙しいが口はひまらしい。

「大坂から伯父を頼って出てきたんですが……」と、わけを話し始めた桜子に、

「へえ、で、いってえどこに住んでるんだい」とたたみかけてきた。

（江戸の人はせっかちと聞いたけど、ほんまやわ）

「向嶋で『丸忠』という料亭をしていると聞いて、お店を訪ねたんですが……」

答えかけると、またまた話を最後まで聞かずに、

「向嶋の丸忠といやあ、おいらだって知ってるぜ。忠右衛門ってえおひとはすご腕の料理人で、一代ででけえ店をおっ建てたんだがよ、料理と違って、大きな料亭を営むのは苦手だったんだろうなあ。でよう、これからおいらがいうことに、驚いちゃいけねえよ」

ここで福助は、芝居がかった大きな息継ぎをした。

「丸忠はついこのあいだ人手に渡ったそうだぜ。忠右衛門さんはどこに行っちまったのかねえ。大坂からはるばる訪ねてきたってえのに、あんた、運がねえな。可哀想によう」

さも気の毒そうに太い眉を上げ下げした。

「よく知ってますね。実はわたし……」

今度こそ事情を話そうとするより先に、福助がにっと笑って、

「ま、気を落とさずにな。ほい、これはおいらのおごりでえ。一枚食いねえ」

揚げたてのあじの天ぷらを串でぐさりと突き刺すや、桜子の目の前に突き出した。

「ええっ、ただでいただくなんてできません」

「おごりだと言ったら、おごりでえ。ごたごた言うんじゃねえやい」

急に喧嘩腰になるところも、噂に聞いていた江戸っ子らしかった。

「じゃあ、お言葉に甘えます」

あじの天ぷらを押しいただくようにして、満面の笑みで受け取る桜子に、

「そうこなくっちゃ。そうそう。女は愛嬌が一番でえ」

福助は白い歯を見せてにかっと笑った。

桜子はあつあつのあじの天ぷらをほんの一かじりしてみた。

「タネのうま味がぎゅっとしてて、ころもがさくさく！」

屋台で使われる油が新しいはずはないのに、嫌な臭みも、べたつく粘っこさもなく、からりと揚がっている。どんどん売れて、新しい油をつぎ足しているに違いなかった。

「ごたくはいいから、もっとがぶり、むしゃむしゃと食ってみな」

福助がまたも短気を起こした。

桜子は天ぷらにかぶりついた。さくりとしたころもに包まれたあじは、身がしっとりとしていた。嫌な生臭さがなく、それどころか魚特有のうま味と香りがなんともいえない。名高い日本橋魚河岸がすぐ近くなだけに鮮度がまるで違った。しかも……。

醤油や天つゆがなくても食べられるではないか。

「お世辞じゃなくて、ほんとうに美味しいです。あじに下味がついているんですね」

「そうでえ。この味加減がうちの自慢でえ。先代が工夫して作り上げた秘伝の味ってえもんよ。他にも天ぷらの屋台はたくさんあるが、味つけじゃあうちがピカ一なんでえ」

福助が得意げに鼻をうごめかせ、おかみさんも、鍋に目を向けたまま大きくうなずいた。

ゆっくり味わうはずが、あっというまにたいらげてしまった。

(あの人と一緒に食べてたら、もっと美味しかったやろなあ)

　ほんわり考えながら、ごちそうさまでしたと、福助に向かってていねいに頭を下げた。

「そんなに武家風に大層に頭を下げられちゃ、こちとらが恐縮しちまわあ。じゃあ、もう一枚どうでえ。いや、一枚といわず、何枚だっておごってやらあ」

　新しく揚がった天ぷらに、串を刺そうとする。

　桜子はあわてて言った。

「さ、さっきの話の続きなんですけど、伯父の行方がわからなくて途方にくれているわけじゃないんです。伯父は、一人息子と馬喰町に移り住んで、小さな居酒屋をしていると聞きました。なので、今から向かうところなんです」

　気が短い江戸っ子らしく、福助の太い眉が上に下に大きく動いた。

「何でえ。なんでそれを早く言わねえんだよ。おいら、あんたの行く末をずいぶん心配しちまったじゃねえか。けど、ま、いいや。良かった、良かった。うん」

　福助は勝手に言って勝手に納得しながら、言葉を続けた。

「で、あんたはなんで江戸に出てきたんだい。物見遊山てえなりじゃねえしよ」

「料理の修業をして、食べ物屋を始めたいと思ってるんです。向嶋の丸忠がなくなっていたと知ったときは、がっかりしましたけど、かえって良かったと思うんです。格式の高い料亭なんかより、小さな居酒屋で修業させてもらうほうが、気楽でいいかなって」

「なるほど。料亭と名がつくような、お高くとまった店じゃ、とてもじゃねえが、女に包丁なんて握らせちゃくれねえからな。そもそも板場にも入れねえだろうよ」

「料理人は男と決まっていますからね。わたしは自分で作った料理を、お客さんに喜んでもらえるような小さな店を持つのが夢なんです」

「そうけえ、そうけえ。夢を持つのはいいこった」

　福助はべらべらしゃべりながらも、ころもをつけて、あうんの呼吸でおかみさんに渡す。おかみさんもてきぱきと慣れた手付きで天ぷらを揚げる。呼吸ぴったりな様子をほほえましくながめていると、福助が急にきりりと眉を上げた。

「もうすぐお清に赤子が生まれるんでえ。だもんで、おいらも相撲取りになる夢をすっぱりあきらめて屋台の親父になると決めたってえわけよ」

　お清が桜子にぎこちなく会釈した。今まで、福助の大きな身体で見えなかったが、お清のお腹は西瓜を抱えたようにふくらんでいた。産み月なのかもしれない。

　三十路《みそじ》を迎えた今まで、嫁いだことがなかった桜子は、身重の大変さがどれほどのものか、想像もつかなかった。

「もとはさあ、あたしとお父っつあんでこの屋台をやってたんだ。宿六が、やっと手伝いをする気になってくれたんでね。お父っつあんもようやく隠居できるって喜んでるんだ。だもんで宿六はまだ見習いってわけさ……くうっ」

お清は、突然、顔を歪め、前屈みになってお腹をさすり始めた。

「おい、大丈夫か。だから無理しないで家で寝てろって言ったじゃねえか」

「だって、半人前のあんた一人に任せられないだろ。お父っつあんもこのところ風邪で寝込んじまってるし。あ～、い、いてて」

お清はお腹を抱えたまま、その場にへなへなと座り込んでしまった。

福助は大きな身体で、おろおろするばかりである。

「ご亭主がしっかりしないでどうするんです。家は遠いんですか」

「すぐ目と鼻の先、吉川町の新道にある裏店でぇ」

「お清さんを早く家に連れて帰らなきゃ」

小柄なお清をひょいと抱きかかえると、福助は人混みをかきわけて駆け出していった。

後には、桜子と屋台、それを取りまく大勢の客たちが残された。

（あ～、鍋が七輪にかかったまんまや）

もし屋台が燃えれば大変である。おとがめを受け、ここでの商いはできなくなる。屋台を作り直す費用もかかる。

（なんとかしたげなあかん）

桜子の中に住むおせっかいの虫が、ここぞとばかりに騒ぎ出した。

「価を払ったというに、肝心の天ぷらを渡す前に、ぷいとおらなくなるとは。無礼千万」

　手拭いでほおかぶりした武士が、居丈高に怒鳴った。隣にいた、柄の悪そうな渡り中間も怒りだす。

「急に産気づいたのだから仕方ないでしょ。堪忍してあげてください」言い返すと、

「おい、姐さん。あんたあいつらの肩を持つのけえ」

　中間が巻き舌ですごんだ。子連れのおかみさんが、ふちの欠けた皿を片手に、頬をふくらませながらせっつく。

「長いこと待ってたのにさ。あんた、屋台の主人の知り合いだろ。なんとかしなよ」

　天ぷらの鍋に目をやった。火にかけられた大きな鍋は、つぎのタネが入ってくるのを今や遅しと待ち構えている。

　おせっかいの虫が、もう我慢できないと騒ぎたてる。幸い、あじは下ごしらえされている。ころもをつけて揚げればすむ。

　旅荷の中から取り出したのは、愛用の襷《たすき》と前かけ。素早く身支度すると……。

　あじにさっところもをまとわせ、煮え立った油の中にすっと入れた。一つ、また一つ

入れていく。じゅわっ、じゅわっという音が心地よい。油が喜んでいる。

「ほい、一枚目、お待ち」

浮き上がった天ぷらをすいっと箸でつかんで、ひょいっと大皿にのせた。先程の武士が、店に供えられた竹筒の中から、竹串を一本取って、ぶすりと突き刺した。ふうふう言いながら口にする。たちまち口元がゆるんだ。

桜子は次々に天ぷらを揚げて、皿にどんどん盛っていく。

客はひきも切らない。列がとぎれない。気づけば、桜子は無心で天ぷらを揚げていた。

(福助さんのため、お清さんのため、赤ちゃんのためや)

普通の天ぷら屋なら、穴子、芝海老、こはだ、いか、きす、貝柱などの魚介を始め、ごぼう、れんこん、薩摩芋、長芋などの野菜まで扱う。客が何種類も、次々注文してくれば、素人にはさばききれないところだった。だが幸い、この店はひたすらあじである。

どんどん天ぷらを揚げる。客が次々にやってきて、美味そうに食べ、満足して帰っていく。桜子は楽しくてしかたがなくなった。

(最初はこないな屋台でもええかもしれん。けど、大坂は屋台が盛んやないさかいに、小そうても居酒屋か一膳飯屋がええやろか)

先のことを考えると、わくわくしてきた。

日が傾きかける頃になると、あじが一枚もなくなっていた。

福助が息を切らして戻ってきた。

「すまねえ、あんた、まだいてくれたのけえ」と言葉も途切れ途切れに首をかしげた。

「無事に生まれたんですね」

「そうなんでえ。可愛い女の子でね。うちのやつにそっくりな器量よしでよ」

福助はそこまで言ってから、火の始末までされた屋台にようやく気がついた。

「えっ、えっ。こりゃどういうわけでえ」

福助は狐につままれたような顔をした。

「稼ぎがいくらになったかは、あとで勘定してください」

銭でいっぱいになった笊を笑顔で差し出し、あんぐりと口を開けたままの福助を置いてくるりと背を向けた。両国広小路を西へ、馬喰町の方角へと歩き始める。

「おーい。待ってくれ。駄賃くれえ取ってくれよ」

しばらく間を置いて、福助の野太い声が追いすがってきた。振り向かず、手だけひらひら振る桜子の影は、乾いた風が吹き渡る道に長く伸びていた。

二

（忠右衛門伯父さんの店まで、もうちょっとや）

にぎわいの中を、西へずんずん歩いた。吉川町まで来ると、紅白粉やびんつけ油を商う『五十嵐兵庫』、水飴の『大黒屋』など、名高い店が軒を連ねていて、両国広小路とは違ったにぎわいをみせていた。花火問屋『玉屋』の大きな看板が目をひく先に、『幾世餅』という文字が目に飛び込んできた。元禄の御代から名高い小松屋だ。

吉原の遊女幾世を妻に迎えた小松屋喜兵衛が、焼き餅に飴をからめて売り出したところ、幾世餅として評判になったといわれている。

（焼いた餅に今も飴をからめてあるんやろか、それとも今は餡をからめてあるんやろか）

思わず足に根が生えそうになって止まりかかるが……

店のほうを見ないようにしてそのまま通りすぎた。吉川町の町並みが途切れた右手に、いかめしい浅草橋御門が見えた。めざす馬喰町は左手に長く伸びている。

（忠右衛門伯父さんは、父上と双子やさかいに、美男ぶりかて生真面目な気性かて、父上とそっくりなんやろか）

先月亡くなった父忠一郎の面影を思い浮かべると、なおさら早く会いたくなった。

(伯父さんには力也ちゃんて一人息子がおるそうやさかい、一人娘のわたしに、弟ができるみたいなもんやなあ)

馬喰町のあたりは奥州街道の起点とされ、大小さまざまな旅籠《はたご》が建ち並んでいた。旅籠のほかにも、小間物、煙草、化粧品を売る店があって、江戸土産を探す旅人たちでにぎわっている。

四丁目まで長く続く馬喰町は、想像していたよりずっと広く、通りを尋ね歩いても、居酒屋丸忠を知る人は一人もいなかった。日の光がますます弱まっていく。

(もっと路地みたいなところにあるのかもしれん)

一丁目から三丁目まで、小走りでくまなく回った後、四丁目の横町にある路地の奥に『居酒屋丸忠』と墨書された腰高障子が見えたときは、小躍りしたくなった。

(みんな知らんはずや。こないに奥まったとこにあったんやもん)

路地には、仕舞た屋の他に、裁縫師や印判師など、家で仕事をする居職の住まいが並んでいた。どの家も夕餉の時間らしく、腰高障子がぴたりと閉められて、人影がなかった。日差しの入らない薄暗い路地を半分くらい進んだときだった。

「何を寝ぼけたことを言いやがる」

「舐めると痛い目を見るぜえ」

「ぶっ殺すぞ」

店の中から、数人の男たちの物騒な怒鳴り声が響いてきた。

桜子は路地の奥まで駆け込んで、戸口の腰高障子に手をかけた。固くて開かない。えいっと力一杯、引くと、障子は、ぎしぎし嫌な音を立てながら開いた。

店の土間にいた男たちが一斉に目を向けてきた。男たちは『を』の文字が染め抜かれた、町火消し特有の半纏《はんてん》を着ている。

（酔うた客同士の喧嘩やろか。けど、それにしたら変や）

店の中はがらんとして、酒肴が出されている様子はなかった。

「向嶋で丸忠という料亭を営んでいた忠右衛門の店はここだと聞いたんですが」

「そりゃあ残念だったなあ。爺ぃはおっ死《ち》んじまったよ」

戸口近くにいた若い鳶人足が、にやにやしながら、剃り跡が青い顎を撫でた。

「ええっ、本当ですか。あなたたちは？」

桜子の問いかけに、いかにも極悪面した三十過ぎの鳶人足が、仲間を押しのけながら、ずいっと前に出てきた。

「お江戸の花、男の中の男、町火消の中でも随一といやあ、名高え辰五郎親分配下、十番組『を』組でえ。おらあな、その『を』組で、二百八十九人いる鳶人足の中でも『纏《まとい》持ち』に次ぐ二番手『梯子持ち』を務める段六さまでえ。姐さん、悪いことは言わねえ。今は取り込み中だから、さっさと帰《けえ》んな」

段六が、長々と能書きをたれながら凄み、隣にいた背の高い鳶人足が、桜子の身体を舐め回すように見た。

（話には聞いてたけど、ほんまに破落戸《ごろつき》と同じやがな）

町火消は、鳶人足が務めているため、気性が荒く、喧嘩や刃傷沙汰が日常茶飯事だった。

「帰れと言われても、はいそうですかと帰れませんよ。さっきの騒ぎは何なんですか」

言いながら、薄暗い店の内を透かし見た。

（あれっ、あの人は……）

暗い板場との境に立つ若い男の姿が目に入った。藍の格子縞の着流しに三尺帯、豆絞りの手拭いを鉄火に結んだ小粋な姿は遊び人に見えた。若々しく総髪を無造作に後ろで束ねている。

（力也ちゃんや。力也ちゃんに違いあらへん）

男は若い頃から美男で人目を惹いていた父、忠一郎そっくりだった。忠一郎の双子の兄、忠右衛門の息子力也に違いなかった。

（父上の話やと、確か十七歳のはずやけど）

大人びて見えるのは、整いすぎるほど整った顔立ちのためだろう。

「力也ちゃん、わたし、いとこの平山桜子よ。伯父さんが亡くなったって本当なの？」

桜子は店の奥に向かって大きな声で問いかけた。

「あ、ああ」

段六がさえぎるように、桜子の前にずいと寄ってきた。

「分からねえアマだな。おっ死んだから、早く立ち退けって言いに来てんだよ」

唾がかかりそうな近くから低い声で言った。

「うるせえやつだな。黙って帰《けぇ》れ」

段六の横にいた鳶人足が、桜子の肩をどんと突こうとする。

桜子は体さばきで、ひょいとかわした。

「わわ」

鳶人足は体勢を崩してよろめいた。かろうじて踏みとどまるや、

「何でえ、この婆ぁ」と叫びながら両手でつかみかかってきた。

「三十路に足を踏み入れたけど、あんたたちより動けるよ」

男の力の流れを受け流した。男はそのまま柱にぶつかり、安普請の柱は、いまにも折れんばかりの、めりっという音を立てた。

桜子は、背負っていた旅荷のひもをほどくと、小上がりに投げ置いた。鳶人足たちに向かって油断なく身構える。

「てめえがその気なら、女だって容赦しねえぞ」

別の鳶人足が殴りかかってきた。

桜子はついっと身体を沈めた。鳶人足の拳が宙を切った。

「やっちまえ」

段六の一声で乱闘が始まった。

力也も、機敏な動きで着流しの裾をからげて立ち向かう。

武術の心得があるらしく、力也は見事に鳶人足たちを殴り、投げ飛ばした。

桜子も負けていない。段六の蹴りを軽く止めて流した。

手首をつかんで投げる。

段六の巨体が土間に叩きつけられる。子分たちがどっとどよめいた。

形勢不利と見た段六ら四人は、あっと言う間に逃げ去っていった。

手をぱんぱんと払ってから、桜子は力也のほうに振りむいた。

「わたしが加勢しなくても、力也ちゃん一人で大丈夫だったみたいね」

力也は、にやりと生意気な笑みを返した。

「叔父さんは、大坂で新陰流の道場を開いていると聞いていたけど、女のあんたまで武術の心得があるんだな」

「小太刀と柔術をほんの少しね」

大いに自信があったが、控えめに答えた。

「俺ゃあ、北辰一刀流、千葉周作先生の玄武館に通ってんだ。これからは、のほほんとしていられる時代じゃねえ。力が物をいうようにならあ。だから、強くならなきゃいけねえ。俺は剣で身を立ててえんだ。で、ゆくゆくは武士になってやらあ」

力也は伝法な物言いで、得意げにまくし立てた。

「へええ、そうなの」

桜子は気のない相槌を打った。泰平の世が長く続いている。諸国で飢饉、打ち壊しや一揆が起こっていたが、桜子には遠い国のことでしかなかった。

「しょせん、女のおめえにゃ分からねえよ」

力也は、からげていた裾を戻し、粋がった手つきでほこりを払った。精一杯、背伸びして見せる子供っぽさに、桜子は口元がゆるむのを感じた。

「ふふっ、力也ちゃんとわたし、生まれた家が、逆なら良かったのにね」

　ずっと前から知っていたような親しさを覚えるのは、血のつながりのためだろう。

「わたし、力也ちゃんに会えてすごくうれしいよ」

　力也の手をとろうとした桜子に、

「俺ゃあ、別に何とも思わねえな。初めて出会ったんだから、お互いまだよく分からねえんだしよ」とぷいっと視線をそらした。

（そりゃまあそうには違いあらへんけど）

　立派な料亭のお坊ちゃまの境遇から一転しての貧乏暮らし。頼りの父親は亡くなってしまった。途方に暮れる力也にすれば、いととの出会いを喜ぶ心の余裕などないに違いない。

「ごめん」

　こほんと咳払いしたあと、優しくなぐさめるように問いかけた。

「ところで、忠右衛門伯父さんはどうして亡くなったの」

「女将をしていたおふくろが流行病《はやりやまい》で亡くなっちまった後、商いが急に上手く行かなくなってよ。去年の夏、向嶋の店を手放してからは、すっかり気落ちして、とうとういけなくなっちまったんだ」

うつむいて唇をかむ力也の横顔は、十七歳という年齢より幼く見えた。

「そう……。これからは血を分けたいとこ同士、助け合っていこうね」

言ううちにも、目頭のあたりが熱くなってきた。

「それはそうと、どうして親父を訪ねて江戸までやってきたんだい」

力也が顔を上げて、桜子と視線を合わせた。

「それがね」と言いかけたとき、開け放たれたままの戸口から風が吹き込んできた。春を迎えたとはいえ、一月末の江戸はまだまだ寒い。頬を撫でる風の冷たさに、桜子はふと我に返った。

（せっかく、江戸まで出てきたのに、頼みの忠右衛門伯父さんが死んでたやて、この先、わたしはどないしたらええのやろ）

頭の中が真っ白になった、そのときだった。

ぐう。力也のお腹が鳴り、力也は恥ずかしげにうつむいた。

心の中のおせっかいの虫が、盛んな音色を奏で始めた。ようしとばかりに張り切った桜子は、力也に向かって飛び切りの笑顔を向けた。

「力也ちゃん、お腹が空いているのね」

「ああ。二軒先の仕舞た屋に、楽隠居してる婆ぁがいるんだけどよ。昨日の晩は、そいつから握り飯をもらって食ったんだ。けど、今日は朝から何も食ってねえんだ」

「ちょっと待ってね」

店の奥に入ってみた。板場には、ほこりをかぶった道具類が残されていた。めぼしい物はすべて銭に替えられたのか、薄暗い板場はがらんとしている。

「何かないかな」

十歳で母を亡くし、味にうるさい忠一郎のために、おさんどんをしてきたから、料理の腕には自信があった。だが、食材が何もなければお手上げである。

隅々までくまなく見渡すと、流しの下、水桶に立てかけられるように置かれた茶色い棒が目に入った。よく見れば、土のついた長芋だった。

「ようし、待っててね」

旅荷の手行李の中から愛用の襷と前かけを取り出し、きゅっと締めてさっとかけた。

竈《かまど》に新たな薪を足して、残り火をかき立てる。

「力也ちゃん、店先は肌寒いからこっちに来たらいいよ」

桜子の言葉に素直に従って、力也は竈の近くに腰を落とした。と、思ううちに、柱にもたれてうずくまったまま、寝入ってしまった。

気づけば、すっかり日が暮れていた。竈の火が、暗い店のうちで、たった一つの灯りだった。

（だいぶ古いから、すり下ろした途端に色が悪くなりそうや）

もったいないが、厚めに皮をむいた。むいた長芋を酢水に漬ける。

柔らかくなるまで蒸してから、すりこぎで潰していった。

とんとん、にょり、にょり、しゅるしゅる。優しい音がした。

つぶつぶした舌触りを楽しめるよう、ごく小さな粒が残るくらいで手を止め、塩少々と、壺の中にこびりついていた砂糖を加えた。

柚子の皮のすり下ろしをぱらりとかけるとさらに美味しくなるが、ぜいたくは言えなかった。

「なんの匂いだい」

もわもわっとした優しい匂いに、力也が目を覚ました。

「もうすぐできるから待ってね」

ひと口大に丸め始める。じっと持っていられないほど熱々なので、ほっ、ほっと言いながら、左右の掌で交互に転がす。茶巾の形にすると、見た目が愛らしくなった。

「なんだい、こりゃあ」と、力也が桜子の手元をのぞき込んだ。

「『長芋きんとん』よ」

縁が欠けた小鉢に載せて白湯とともに勧めた。

力也は奪い取るように手を伸ばし、熱々なのもなんのその、お腹をすかせた子犬のように、がつがつと食べ始めた。

「こりゃ、美味え。こんなの初めて食ったよ」

力也が童のように目を輝かせた。

ほめられると心が鞠のようにぽうんと弾んだ。

ひびが入った小皿に載せた、火傷しそうなきんとんを、桜子もふうふう言いながら口に入れた。さっぱりとして淡泊だったが、ほんのりした甘さがあった。ほくほくして滑らかな口当たりが、気持ちを前向きにしてくれる。きりっと顔を上げた。

「若い頃、よく作っていたおやつなの」

白湯をひと口飲んでから言葉を続けた。

竈に残った、暖かな火の色が、遠い記憶を優しく呼び覚ます。

「うちの道場に通ってくる武田伊織って同い年の子がいてね。ねだられていつも作っていたの。絵が得意な大人しい子で、道場にはわたしの料理目当てで通ってたっけ」

きんとんを嬉しげに頬張る伊織少年の顔と力也の横顔が、心の中で重なる。

「料理を作って人に喜んでもらえることが、こんなに楽しいものだと知ったのも、伊織さまのおかげだったの。小さい頃に喜んでくれたのが、長芋きんとん。大きくなってから、一番、美味しいって言ってくれたのが『つと豆腐』だったの」

懐かしい思い出話から、料理への思い入れへと、しだいに熱がこもってきた。

「わたし、いつか大坂で小さなお店を開きたいって思っているの。自分で包丁を握って、お客さんを喜ばせたいなって……」

最後の一個を頬張る力也があいまいにうなずく。

「力也ちゃん、この先の当てはあるの」

桜子は大きめの声で尋ねた。

「ねえから居座ってんだ。ほんとは、親父の葬式の後、すぐ出ていく約束だったんだけど、あれからもう一月《ひとつき》余りになるかな。家主もたまらなくなって、段六に俺の追い出しを頼んだってえわけなんだ」

力也は、悪びれたふうもなく、きんとんを口に入れたまま、もごもご答えた。

「ええっ」

桜子はその場で立ち上がった。持っていた湯飲み茶碗を落としそうになって、はっしとつかみ直した。

（ほんなら、鳶人足たちの言い分が正しかったん？　わたし悪いことしてしもた）

「いつまでも、ここにおれねえし、いっそ、陰間《かげま》の仲間入りでもしようかな。それなら楽に稼げそうでえ。綺麗に着飾って男に媚びを売りゃあいいんだから。はは」

力也は、横を向いたまま、乾いた笑い声を上げた。形の良い唇が歪んでいる。

（あかん、あかん。力也ちゃんはやけになってるんやな）

身中のおせっかいの虫が、力也を放っておいてはいけないと、大声でわめきだした。

うつむく力也の端正な横顔に、竈の火影がちらちらと揺れる。力也は、まだ火が残る竈に木屑を放り込んだ。ぱちぱちという音と一緒に、火の粉がきらめいて、板場の中の暗さが一段と際立った。

「わたしのほうの事情、まだ話してなかったね」

桜子は大坂を後にした訳を話し始めた。

「その夜、父上は、今まで黙っていた昔のことをぽつりぽつりと話してくれたの」

忠一郎兄弟は、京で名のある料理人と芸者の間に生まれた。七歳の時、小料理屋を営んでいた父母を火事で亡くし、兄は江戸で煮売り酒屋を営む夫婦の養子になり、忠一郎は、大坂天満で小さな町道場を営む浪人者に引き取られた。

道場を継いだ忠一郎は、懸命に剣の道に精進して道場を盛り立て、料理に才があった忠右衛門は、とんとん拍子に店を大きくしていった——と。

力也は真剣なまなざしで聞き入っている。

「父はね。珍しく、飲めない酒を口にしながら『兄は出世して、向嶋で「丸忠」という立派な料亭を営んでいる』って誇らしげに話したの。で、その翌朝、なかなか起きてこないもので、寝所に行ったら……」

つい昨日のように、その朝の光景が目の前に蘇って、桜子は言葉に詰まった。

忠一郎は眠るように亡くなっていた。もともと胃の腑に病があったとはいえ、あまりにも呆気ない別れだった。庭には純白の雪が積もり、廊下に置かれた盆には、前日、忠一郎が作った雪兎が溶けずに残っていた。兎の目に埋め込んだ南天の実の赤が、桜子の目を射た。

「亡くなって初めて、父も伯父さんみたいに料理の道に進みたかったのだって気づいたの。だから『今からでも遅ない。父上が果たせんかった夢を、わたしが叶えるんや。思うように生きられんかった父上の〝仇討ち〟をするんや』って心に決めてね。で……、忠右衛門伯父さんを頼って、江戸で料理の修業をしようと思ったわけ」

決意をひと息に語った。

「俺は何もしてやれないよ」

力也は、申し訳なさげに目を瞬かせた。

「わたし、あきらめないよ。明日から口入れ屋さんに当たって、料理茶屋とか居酒屋とか、料理を習えそうな働き口を探すよ。力也ちゃんも、陰間なんかじゃなくて、ちゃんとした奉公先を探そうよ。一緒に口入れ屋さんに行こう」

桜子が明るく言ったときだった。表の腰高障子が荒々しくがらりと開いた。

三

「力也。わいや。親父はんが死んだて聞いたさかい、慌ててきたんや」

大坂弁の南部訛りが聞こえてきた。

「竜次おじさんかい」

力也は腰を浮かせるや、暗い店の中を抜けて戸口へ足早に向かった。

「えらいこっちゃったのう。わいのとこへ、何で相談に来《こ》んかったんや」

「そう言っても、今、竜次おじさんが、どこにいるか知らなかったんだもの」

力也はすねるような口調で言った。

「かかか。そない言うたらそうやな。わいはすぐ、上の者《もん》に喧嘩売って店を辞めてまうよってな。けんど、今のとこはちゃうで。わいの料理の腕を買《こ》うてくれとる。今は一国一城の主や。今度は長続きすると思うで」

竜次おじさんと呼ばれた男は、大声で、矢継ぎ早に言葉を繰り出した。

「岸和田から江戸に出てきて困っとったとき、親父はんに、えらい世話になったさかいな。料理人として一人前になれたんも、親父はんのおかげや。その忘れ形見が難儀してるて聞いて、一肌、脱がんかったら男がすたるがな。いやいや、岸和田のだんじりで鳴らした、わいの立つ瀬があらへんがな。がははは」

同じ大坂人でも、南へ行くほど、漁師町の気風のせいか、口が荒く、怒っていなくとも喧嘩腰に聞こえた。竜次に親しみと気安さを感じた桜子は、きんとんが載った小皿を手にしたまま、調理場から店の土間に歩み出た。

「力也のいとこで、平山桜子と申します。今朝、大坂から出てきたばかりです」

竜次に向かって、にこやかに微笑みかけたものの……。

（なんや、この男は。料理人ちゅうたら鯔背《いなせ》なもんと決まってるのに）

提灯と風呂敷包みを手にした竜次は、三十過ぎのむさ苦しい男だった。無精髭が目立ち、鬢からはほつれ毛が出放題。月代《さかやき》は荒れ野のようだった。それなりの上物に見える小袖も、だらしなく着崩していて台なしである。

「竜次おじさんは、かの名高い料理茶屋万八で花板に次ぐ立板をしてたんだぜ」

　力也が誇らしげに目を輝かせた。

「花板があほんだらで、大根の桂むきの薄さにけちつけよったよってに、喧嘩して辞めたったんやけどな」

　竜次はかかかと品のない笑い声を上げた。大根の桂むきは、筒状に切った大根を、回しながら薄い紙のようにむいていくのだが、最後までつながったままむくことが正しいとされていた。常に同じ厚さでむいていくことは意外に難しく、包丁の使い方を身に付ける一番の修業方法だった。

「どんなふうにけちをつけられたんですか」

　桜子は思わず身を乗り出した。

「わいの桂むきのほうが薄すぎるて言いよってからにな、なんのかんのごたく並べよるさかいに、辛抱たまらんようになって飛び出したんや」

　素人からみればどうでも良さそうなことでも、玄人の料理人にとっては許せない大事なことなのかもしれなかった。

（なんや、気の短い人やなあ）とあきれていると……、

「お、われ、何、食うとるんじゃ」

竜次が右手でいきなりきんとんをつまみ採って、ぽいっと口に放り込んだ。

「うひゃ」

大げさに顔をしかめた後、

「なんやいな。この味は。おんどれが作ったんかいや」

指についたきんとんの欠片を舐めながら、桜子を見た。

「ほなら、こないな出来でもしょうないな。銭の取れる味っちゅうもんを知っとるけ」

竜次は見下すような目で桜子を見た。

「ひどいじゃないですか。〝こないな出来〟とは、どういう意味ですか」

胸を突き出し、両手を腰に当てながら尋ねたが、竜次は桜子の問いに答えず、

「それにしても、大坂の出やのに、何で、大坂弁でしゃべらへんのや。堂々と大坂弁でしゃべったらええがな」と咎めるような顔つきで言った。

「でも、郷に入っては郷に従えというじゃないですか。考え方はひとそれぞれですよね」すました顔で答える桜子に、

「な、なんやと」

竜次が眉の辺りをぴくりとさせたときだった。

「竜次おじさんは、江戸に出て十年だろ。いまだに大坂弁が抜けないのも、どうかと思

わあ」と力也が茶々を入れた。

「かかかか。こら、一本、取られてもうたで」

竜次は芝居がかった大仰な仕草で、額の辺りを叩いた。

「で、きんとんの味ですけど、どういう意味ですか」

どうにも気になって、桜子は話を蒸し返した。

「長芋が古かったさかいに、あくが際立って、泥臭い味になっとったやないけ」

「美味しかったけどなあ」

力也が桜子の肩を持ってくれた。だが、

「力也、おまはん、それは、腹が空いてたからやろがな」竜次はあきれた顔をした。

桜子は、恥ずかしさと腹立ちで頬がかっと熱くなった。

「古いと言われても、長芋しかないから仕方なかったんです」

「別に言い訳せんでもえがな。何ちゅうてもどのつく素人はんやねんさかいなあ」

竜次は、ねちっこい口調で攻めてきた。

「じゃあ、どうすれば良かったんですか」

「料理は素材が命や。なんぼ腕が良うても、真にええ料理はでけん」

「作らないほうが良かったというんですか」

「おんどれみたいなド素人の場合は、素材が良うても活かせんさかい、どっちみち同じやけどな」

顔を引きつらす桜子など眼中にないらしい竜次は、

「それより、力也、こないなきんとんくらいでは腹が膨れへんやろ。わいが持ってきたこれを食わんかい」

風呂敷をほどいて竹皮の包みを取り出すと、縛っていた竹紐を手際よく解いた。

（えっ）

竹の紐をほどいて包みを開く、ただそれだけの所作だったが、竜次の手の器用さに目を奪われた。別の誰かの指のように、繊細で優雅な動きだった。

（こないな手から作り出される料理て、どないなもんやろか）と心を惹かれた。

「ほれ、力也、食うてみ」

包みの中からお握りが現れた。お握りは白飯ではなく、薄茶色をしていた。

「遠慮なくいただくぜ」

力也は一つつかむや、むしゃむしゃ食べ始めた。

「おんどれも、どないや。玄人が作ったもんやさかい美味いで」

竜次は、お握りを一つつかんで、桜子の顔の前ににゅっと突き出すと、取ってつけたように、にかっと白い歯を見せた。

腹立ち半分、あきれ半分ながらお握りを受け取ったが……。

「あっ、いい匂い」

香ばしいお茶の香りが、桜子の鼻をくすぐった。

「力也、『茶飯』で作った握り飯や。ようけあるさかいに、遠慮せんと食うんやで」

竜次は小上がりにどっかと腰を下ろして、自分もお握りを食べ始めた。

「この茶ぁかて、米かて、市中だけやのうて、近在の村まで、あっちゃこっちゃ足を運んで、わいの舌で吟味して仕入れとる。もちろん、値が張るもんは買えんけどな」

思わず、うなずく桜子に、

「おんどれは何で江戸へ来たんやいな。わいは親に勘当されて行くとこないさかいに、ふらっと江戸に出てきたんやが」

竜次は、ぎょろりとした、派手派手しい目を向けてきた。

「父が亡くなって忠右衛門伯父さんを頼ってきましたが、こんなことになっていて……」

「ふうん」

桜子に尋ねたくせに、竜次はろくに返事もせず、力也のほうに顔を向けた。

「力也、茶飯の味はどないや。力也にと思て、さっきぃ、わざわざ炊いたんやで。ほんまは大きい釜でぎょうさん炊くほうが美味いんやけどな」

「うん。こりゃ美味えよ」

力也はお握りを頬張るのに忙しく、いい加減な返事をした。

「どないな料理でも、ちゃんと礼儀を持って作ることが大事なんや。誰でも作れる簡単な料理でも、気を抜いたらあかんのや。いつも真剣での果たし合いのつもりで料理に取り組まなあかんのや」

竜次はもったいぶった仕草で、胸を弓のように張った。

（そこまで大層《たいそ》なこと言うなんて）

あほらしいと思いながら、さきほどもらったお握りを口にしてみた。

ひと口食べただけで、喉、そして胃の腑が光り輝くような気がした。

（お握りなんかてあなどってたわたしが浅はかやったわ）

一本取られた気がした。身なりを気にしないところも、かえって頼もしく思えてくる。

気性に難があるのも、名人にありがちなことだと思えば許せた。

「食うてみて、どないやねん」

桜子はお握りをうっと喉につまらせかけ、あわてててぐっと呑み込んだ。

きっちり胃の中に送り込んでから、おもむろに口を開いた。

「やっぱり、玄人さんの味は違います」

「何がちゃうんや。ちゃんと言葉で言いさらさんかいや」

竜次が上目遣いに意地悪く問いかけてきた。

「まず第一に、嫌味がなくさっぱりしています。塩が控えめなので、お茶の味が引き立っていますね。香ばしいお茶の香りが、最後まで口いっぱいに残ってさわやかな後味がします」

どう美味しいかを素直に伝えた。

「おんどれは、この味が分かるんかいや」

竜次は、目を見開いて、それきり黙ってしまった。

薄暗い店の内が、急にしんと静まり返った。力也が茶飯のお握りを食べる音だけがいやに大きく響く。

しばらく沈黙が続いた後、竜次が口を開いた。

「二人とも、うちへ来いや。うちなら住み込みで働けるし、わいが悪いようにはせんで」

「えっ」

思わず身を乗り出した桜子だったが、

「俺は料理人になる気なんかねえよ。今まで包丁を握ったこともねえんだ」

力也は、あっさりきっぱり断ってしまった。

「わいが一から仕込んだるさかい、心配せんでええ」

竜次は、力也の肩をぼんと叩きながら、おうように笑った。

「竜次おじさんにとって、板場は真剣勝負の場かも知れないけど、俺にすりゃ、料理がどうのなんてどうでもいいことなんだ。食えて精がつけば何だっていいんだ」

「なに言うてけつかるねん」

竜次は飛び出しそうなほど目をむいた。

「親父も竜次おじさんも料理馬鹿でえ。馬鹿過ぎて世渡りが上手くできねえんだ」

力也の言葉が、竜次の怒りを噴火させた。

「おんどれ……」

竜次は力也の襟元をつかんだ。

「やる気かよ」

力也の黒い瞳が不敵に光る。

「けんかしてる場合じゃないでしょ。二人とも止めて」

桜子は武道で培った胆力をこめて、竜次と力也を交互ににらみつけた。

「う……」

二人は同時に押し黙った。

「力也ちゃん、ここは、早く立ち退かなければならないのだし、ひとまず、竜次さんの厚意に甘えましょう。これから先のことは、ゆっくり考えればいいじゃない。ねえ」

「そやで、この女子《おなご》の言うとおりやがな」竜次が大きくうなずく。

一瞬、目を泳がせた力也だったが、

「分かった。じゃあ、竜次おじさんの所へ行くよ」

他に考えが浮かばないらしく、渋々、承知してくれた。

「それがええ。それがええで。力也は忠右衛門はんの血を引いてるんやさかいな。修業を始めたら、剣なんかより打ち込める場所やてわかるで」

竜次が力也の背中を何度も叩き、力也は顔をしかめながら苦笑した。

「おっと、長居してしもた。ほなら、明日の朝、迎えに来るさかい。ほなな」

竜次は、くるりときびすを返すや、まるでつむじ風のように立ち去っていった。

（捨てる神あれば拾う神ありや。変な人やけど、料理の腕だけは確かや）

竜次に料理を教えてもらえると思うと、その場で小躍りしたくなった。

「あ、竜次おじさんが働いている店の名前を聞くの、忘れてたよ」

「そういえば、店の場所も聞いてなかったね」

桜子と力也は顔を見合わせながら、くつくつと笑い合った。

四

その晩は、一間しかない二階で、枕を並べて眠ることになった。

隣から、若くさわやかな匂いが漂ってきて鼻をくすぐる。

（道場に通っていた頃の伊織さまも、こないな好もしい匂いがしたなあ）

暗い天井を見詰めながら、伊織の涼しい目元を思い出していた桜子は、夢の中で、十五年前のある日に戻っていた。

十五歳の桜子は、武田伊織と二人、大川（淀川）西岸の木村堤に立っていた。桜の満開の季節を迎え、日差しは柔らかく、両岸は霞か桜花か、空との境もあいまいに煙っている。枯れ草と若草が混じり合った中からは、湿った匂いが立ち上ってくる。

伊織は、もぐもぐ口を動かしながら、彼方を見詰めて黙々と絵筆を走らせていた。紙

と絵筆で両手がふさがっている。頃合いを見計らって、

「はい、もう一つ」

長芋きんとんを、伊織の口に放り込めば、華奢な喉が軽やかに上下した。

「ほんまにもうっ。わたしは雛鳥の口に餌を運ぶ親鳥みたいやな」

桜子は、ふふっと笑った。

「桜子さんのきんとん、毎日でも食べたいな」

絵を描く手を止めた伊織は、甘えた顔を向けてきた。小柄で、肉づきも悪く、全体に線が細い伊織は、歳の割に幼く見えた。

（剣の筋がええ伊織さまを、父上は、うちの道場の跡継ぎにて考えたはるけど）

伊織は東町奉行所同心の三男で、他家の養子に入れなければ〝やっかい〟として実家でくすぶり続けるしかなかった。

平山道場は、忠一郎の剣の腕と人柄で門弟を数多く抱えている。伊織が平山家に婿養子に入って跡を継ぐ話は、平山、武田両家の間で、暗黙のうちに取り決められていた。

ともあれ、伊織はいつまでも子供っぽさが抜けず、幼い頃から家事を切り盛りしている桜子から見れば、ひどく頼りなく思えた。

（うちが伊織さまのお嫁さんて、ぴんと来《け》えへんなあ）

とはいえ、弟のような伊織と一つ屋根の下で仲良く暮らせば、さぞ楽しいことだろう。料理にうるさく、文句ばかり言う忠一郎のために作るより、ずっと料理のし甲斐があるに違いなかった。

桜子も、きんとんを一つ、指でつまんで口に運んだ。前歯で噛むと、ほくほくした食感が口に広がった。まだほのかに残る温かみが心を和ませる。

食べ終わった伊織が、桜子の横顔を描き始めた。さらさらと筆を走らせる。

「見せて」「だめ、だめ」「見せなさいってば」

桜子はいやがる伊織の手から、無理矢理、絵を奪い取った。

「何、これ。わたしやあらへんやん」

絵に描かれた女は、桜子とは似ても似つかぬ美女だった。似ているのは、右目の下にある泣きぼくろだけである。伊織は、おかしそうに、くつくつと笑っている。

「もうっ。からかったのね」

桜子は伊織の頬をぶつ真似をした。

伊織は、機敏に身をひるがえしたと思うと、どこまでも長く続く堤を駆け出していった。たちまち伊織の背中が遠ざかる。

「待って」

桜子も駆け出す。だが、追いつけない。伊織の姿が芥子粒のように小さくなる。女の絵が描かれた紙だけが、川面に向かってひらひら舞い散っていく。

そこで夢だと気がついた。

布団の上で身を起こした桜子は、乱れた鬢に手をやった。

（あの頃が一番、楽しかったわ。それから色々、あったんやもんなあ）

夢の淵から魂を浮かび上がらせた後も、頭の中はまだぼんやりしていて、過去の出来事が、走馬燈のように次から次へと浮かんできた。

伊織が十七歳になってすぐのことだった。武田家と同じ、東町奉行所同心大隅家の嫡男が急死し、伊織を養子にという話が降ってわいた。道場を辞めると伊織が挨拶に来た日、最後に振る舞った料理が、伊織が一番、好きな『つと豆腐』だった。

養子に入った伊織は、大隅家の当主として、東町奉行所に出仕するようになり、町中で出会っても、目も合わさずに会釈するだけの間柄になった。

月日が移りゆくとともに、伊織はどんどん変貌していった。理知と誠実さをたたえた瞳、きりりと引き結んだ口元、大柄でたくましい男へと変わった。

三年前、二十七歳になった伊織に、嫁取りの話があると聞いた。寂しい気がしたが、めでたいことだと思うしかなかった。

すべて順風満帆と思われたが……

伊織は突然、養家から出奔した。もう二度と姿を見ることができなくなった。胸にぽっかりと穴が開いた。

消息がないまま三年が過ぎて、半月ほど前に〝江戸で見かけた〟との噂を聞いた。この江戸で、いつかばったり出会えるのではないか、桜子は微かな期待を抱いていたが……。

「桜子おばちゃん、もう起きる時間かい」

力也が眠そうな声で問いかけてきた。

「こら、わたしはいとこだから〝叔母〟ちゃんじゃないよ」

桜子は一言、文句を言いながら、急いで襦袢の胸元をかき合わせた。

「じゃあ、これからは桜子って呼ぶぜ」

力也は生意気な口を利いた。

桜子は呆れて、

「はい、はい。じゃあ、わたしも力也って呼ぶことにするね」と答えながら、夜着と敷布団をきちんと畳んで、部屋の隅に置いた。

「どうせ引き払うんだ。布団なんかほっ散らかしときゃいいんだ」

力也はさっさと階下に下りていった。

「ほんまにもうっ」

桜子はぶつくさ言いながら、力也の夜具を片づけた。

朝五ツ過ぎた頃、竜次がやってきた。昨晩と打って変わって、今朝の竜次は、ちゃんと〝鯔背な料理人〟に見えた。浅黒い肌は、湯上がりのようにつるりとして、髷はひと筋の乱れもなく、月代も青く輝いている。着流し姿も隙がなく粋だった。

「伯父上、父上。わたし、新しい場で頑張ります。見ていてくださいね」

表の腰高障子に墨書された『丸忠』の文字を見詰めながら、桜子は決意を新たにした。

上機嫌な竜次に案内された先は、お上公認の遊廓吉原だった。大門をくぐった廓内は、何もかもがきらびやかで、朱や金の色が目に突き刺さる気がした。

「この先やさかいな」

茶屋が建ち並んだ仲之町の通りを、竜次は早足で歩いていく。

通りから江戸町二丁目の木戸門をくぐった。遊女屋ばかりでなく、仕出し料理屋もあれば、小料理屋や居酒屋もある。どんな店だろうかと、どんどん期待がふくらんだ。

「ここやで」

竜次が足を止めたのは、通りの真ん中辺りにある妓楼だった。大暖簾には『佐野《さの》槌《つち》屋《や》』と染め抜かれている。

「ええっ」「女郎屋かよ」

桜子と力也は同時に声を上げた。

佐野槌屋は二階建てで、間口が広く、紅殻を塗った格子で通りと接していた。

「大小百ある、吉原の女郎屋の中で、稼ぎっちゅうたらうちが随一や。中見世やけど、遊女の数かて、大見世の玉屋に引けを取ってへんのや」

竜次は得意げに言いながら、力也のほうを振り向いた。

「力也、〝親父〟は長兵衛はん言うんやけど、物の道理っちゅうもんがよう分かるええお人や。昨日の晩のうちに話がついてるさかいに、固《か》とならんでもええで」

竜次は緊張で頬をこわばらせる力也に優しく語りかけた。

表の大暖簾をくぐると一階が見渡せた。土間の向こうに広い台所があり、その右手にはだだっ広い畳の間があって、奥に楼主が座す場所――御内所が見えた。

「親父はん、連れてきましたで」

竜次は、神棚を背にして長火鉢が置かれている御内所に向かった。履き物を脱いだ桜子と力也も、上がり口の板の間から畳の間に上がった。

「よろしくお願いいたします」

桜子と力也は畳に手をついて、大きな長火鉢の向こうに座す長兵衛に頭を下げた。

「こちらこそよろしく頼みますよ」

柔和な笑みを浮かべた長兵衛は、妓楼の主に似合わぬ、品と教養を感じさせる男だったが、顔色のどす黒さが気になった。

「何とまあ。人形のように綺麗な若衆じゃないですか、なあ、お勢以《せい》」

長兵衛は、隣に座った女将らしき女に、猫なで声で語りかけた。色白で、おたふくのように福々しい顔のお勢以は三十路前に見え、五十過ぎらしい長兵衛とは親子ほど歳の開きがありそうだった。

「ほんに、ほんに」

お勢以は口の辺りを袂でおおった。動きが緩慢でおっとりとしている。お勢以の後ろには、四十半ば過ぎの女が、にらみを利かせるように控えていた。目つきの鋭い、痩せた女は、遊女たちを束ねる役目を担う〝遣手《やりて》〟と呼ばれる女だろう。

「台所で働かせるのはもったいないですよ。なあ、おさよ、佐川花魁の傘持ちをする見世番として使おうじゃないか」

「それがよろしゅうございましょう」

長兵衛の言葉に、遣手のおさよが目を細めながら、艶っぽい声で答えた。

「見世番って何だい」

力也が竜次に小声で尋ねた。

「見世番ちゅうのはやな。花魁道中のときに、花魁に傘をさしかけたり、箱提灯を持ったりする者《もん》のこっちゃ。見世におる男衆を〝若い者〟ちゅうねんけど、その中で、見かけのええ者が務めることになってるねん。ほんで……」

竜次の言葉が終わらぬうちに、力也は、長兵衛の目をしっかと見て言った。

「台所の手伝いより面白そうです。見世番として使ってください」

「そやかて、力也、先のこと考えたら……」

竜次が言いかけたとき、長兵衛が急に、すっと立ち上がった。忙しげに見世の奥へ向かう。お勢以はそのまま動かなかった。おさよが慌てた様子で立ち上がると、

「じゃあ、今日から頼んだよ。見世の内のことは竜次からゆっくり聞いとくれ」

せかせかと、長兵衛の後を追っていった。

（まだ話の途中やのに、急に座を立つやて、なんぼなんでも、うちらを見下しすぎちゃうやろか。ま、雇うてもらうんやさかい仕方あらへんけど）

桜子は、みじめな気持ちで、長兵衛の後ろ姿を見送った。

五

桃のつぼみもほころぶ頃というのに、今日は寒の戻りか、しんしんと底冷えがした。

(寒いくらいのほうが、身が引き締まってちょうどええ)

桜子改め、さくらは、新たな天地で大いに張り切っていた。大所帯の台所は、竈を始め、釜も鍋もまな板も大きく、水屋に納められた鉢や皿の数も半端ではなかった。勝手が分からないさくらは竜次に言われるままに雑用をこなしていた。

竜次が、長兵衛を訪ねてくる客のために、『焼きお握り煎餅』を焼き始めた。炊きたてのご飯に大葉のみじん切り、たたいた梅干し、白胡麻、鰹節を混ぜて、醤油で味つけし、薄く丸くのばして焼くのだが、手際の良さにさくらはほれぼれした。

(手早さも正確さもすごい。手だけが、まるで舞を舞うてるみたいや)

そんな竜次から料理を習えると思えば、口元がゆるむ。

夕七ッ半を過ぎて、遊女たちの食事が終わった。

「さあ、わいらも飯を食おかい」

竜次の一声で、台所の者たちの食事が始まった。板の間で、白飯に残り物の味噌汁と煮染めを分け合って食べる、いや、かき込む。煮染めは慈姑《くわい》だった。味噌汁は、具の人参がわずかで、肝心の味噌の量も少なかった。

煮染めを口に入れると、慈姑特有のほろ苦さと歯応えがほどよかったが、濃い味つけが薄味の京坂とは違っていた。続いて白飯を口に入れた。昼九ツ過ぎに食べたときは、心にゆとりがなかったが、二回目の今は味わって食べることができた。

（なんやろ、この味。甘いし、ふっくらしてる）

ご飯茶碗に盛った白飯を、じっくりと見た。色つやが違う。佐野槌屋では大勢働いているから、異様に大きい釜で炊く。大きな釜で炊いたご飯は違うと、さくらは大いに感心した。甘い白飯が心をほっこり穏やかにする。

うつむいてあれこれ考えながら、薄い味噌汁をすすっていると、

「辛気くさい顔しくさってからに。わいの味つけが気に入らんのかいや」

竜次がぎょろりと目を剝いた。

「い、いえ、そんなことありません」

「江戸の料理は味が濃いからあかんて、顔に書いとるで」

「確かに京坂とは違いますが、それぞれの良さがあると思っています。だから……」

「味つけはしっかりせなあかんのや。郷に入っては郷に従えて、おんどれが昨日、えらそうに言いくさったばっかしやないけ」

「はい、はい、よ～く分かっております。その通りでございます」

むっとしたさくらは、わざと馬鹿丁寧に返した。

「ほならええ」

竜次は何とも思わぬふうで、また黙々と白飯をかき込み始めた。最後に白湯を入れ、ご飯茶碗にこびりついたご飯粒を綺麗にこそぎ取って喉に流し込んだ。

台所には飯炊きなど下働きの男が四人、女が一人いた。下働きの男四人は、車座になって煙草を吸い始め、博打や女遊びについて、つまらぬ話に興じている。中年の女は黙って裏口から出ていった。

「力也を仕込めんて、ほんまに残念や。あの親父はんの血ぃ引いてる力也やったら、すぐにええ料理人になれるのに」

一人で白湯を飲みながら、竜次が大きな溜息をついた。

「あの……」

さくらは、竜次の横ににじり寄った。

「このわたしには料理の才などございませぬが、その分、心して学びますゆえ、ご指南、なにとぞよろしくお願い申し上げます」

床にきちんと手をついて、角張った物言いで頭を下げた。

「おんどれ、料理を舐めとるんかい。この台所はわいが仕切っとるんじゃ。おんどれは、言われた通りに下働きだけしてたらええ。行き先に困ってるようやったさかいに、力也を助けるついでに引き取ったったちゅうことを忘れたらあかんで」

竜次の言葉が、雷になって、さくらの脳天に落ちてきた。

「じゃ、じゃあ、一から仕込みたいというのは、力也だけだったのですか」

浮かれていた自分が恥ずかしくなって、頬がかっと熱くなった。

「当たり前やろが。女に料理なんぞさせるかい」

怒りをぐっと抑え、握りしめた右手を膝に置いて身を乗り出した。

「教えていただけなくても見よう見真似で覚えますから、料理の手伝いをさせてください。お願いします」

「ここはわいの城や。わいの言う通りにせんのやったら、今すぐ出ていかんかい」

竜次は口をへの字に引き結んだ。取りつく島もなかった。

やはり気の合わない嫌な男だったのだ。

職人の技は目で盗めというが、見て覚えるにしても、実際に自分の手で料理させてもらえなければ覚えようがない。

「じゃあ、そうさせてもらいます。竜次さんのような話の分からない人の下で働いても無駄ですから」言いかけた言葉をぐっと呑み込んで、両手で頬をぱしんとはたいた。負けん気がぐぐっとみなぎってくる。

（勝負したろやないか。竜次さんのほうから教えてくれる気になるまで、意地でも頑張ったる）

竜次に勝つまで、この佐野槌屋の台所に居座ろうと、さくらは心に決めた。

「分かりました。下働きとして頑張ります」

「おお、分かったらええんや」

頭を下げるさくらに、竜次は白い歯をにっとむき出して笑った。

竜次は湯飲み茶碗に白湯をそそぐと、独り言のようにつぶやいた。

「わいかてな、ただ料理人やってるんとちゃう。わいは、かたくなになってる者《もん》の心を、美味いもんで解きほぐしたろ思《おも》て料理やってるんや。そのための立派な城じゃ。料亭で出すような見栄えのええ、手の込んだ料理ばっかしが料理やあらへんのや」

「よく分かります。『美味なもので心を解きほぐす』というわけですね」

竜次には不似合いな言い草だと、心の内で茶々を入れながら、にっこりと笑ってうなずいたときだった。

「おい、新入り女」

幼く、甲高い声が響いてきた。佐野槌屋の楼主長兵衛の一人娘で、七歳になったばかりの、おるいだった。市松人形のように整った顔が、すぐ目の前にあって、さくらを見つめている。いや、にらんでいた。

「こっちへ来ねえか。新入りでも、おれっちが誰だか知ってんだろがよ」

小さな手が、さくらの腕をつかんでぐいと引っ張った。童特有の日向臭い匂いが鼻をくすぐる。

「なんのご用でしょうか」

面倒臭く思いながら、おるいと目線を合わせた。利発そうにくるくるとよく動く黒い瞳が、さくらの愛想笑いを映している。

仕事の合間に竜次から聞いた話によれば、おるいは長兵衛の連れ子だった。義母お勢以は、こましゃくれたおるいが手に負えず、見世にいる女たちに世話を任せきりにして、お互い口も利かないという。

「今夜から力也が道中に出るんだってな。へっ。大勢に見られりゃ固くなる。おらあ、途中ですっ転びでもしねえかと楽しみで仕方ねえんでえ。先回りして仲之町へ行こう。慣れねえ力也が粗相するとこを見に行ってやらあ。さくらもついてきな」

　おるいは、下級の女郎のように、はすっぱな口をきいた。言うことがいちいち小憎らしい。

「で、でも……」

　しぶるさくらの手をしっかとつかんで放そうとしない。

　閉口していると……

　見世の内が急に静まりかえった。一階にいる者たちの手が一斉に止まる。

　一番人気の花魁佐川が、番頭新造一人、振袖新造二人と禿《かむろ》二人を引き連れ、大階段を静々と下りてきた。見世の二階を取り仕切る遣手のおさよも後から続く。佐川の透き通るような肌の白さが輝きを放ち、その辺りだけぽっと明るく感じられた。

「おい、さくらのあほんだら」

　背後から竜次の声がした。むっとしながらも、笑みを作って振り向くと、

「さくらはまだ内情を知らんさかいに教えたるけんど、この見世が吉原随一になったんは、全盛を誇る佐川はんのおかげなんや」

　竜次が誇らしげに言った。

「なるほど、さすがにまばゆい美しさですね。妖艶なのに、高貴で端正。まるで大輪の牡丹、いいえ、絵双紙の中の美女が抜け出したようです。男なら誰しも、一度見たら忘れられない華やかな美貌に酔って、身体がふわりと浮いてしまいそうです」

　思いつくだけの言葉を並べて調子を合わせると、竜次が急に顔を寄せてきて、さも大事な内緒事のようにささやいた。

「佐川はんの別嬪具合は格別やろ。お公家はんの娘で、京の島原で太夫してたのを、うちの〝親父〟が、この吉原に〝鞍替え〟させて、二代目佐川を名乗らせよったんや」

「島原の太夫を引き抜くなんて、旦那さんの金力は、たいしたものですね」

「親父はもともと、この江戸町二丁目と揚屋町に見世を持っとった。四年前、女将と一緒になるとき、女将が営んでた角町の守川ちゅう見世を合わせて、佐野槌屋を旗揚げしよったわけやさかい、金は、うなるほど持ってるやろな。知らんけど」

　佐川に目が釘づけながら、竜次は、べらべらしゃべり続けた。

　火鉢の前で煙草をふかせていた長兵衛が、すっと立ち上がって佐川に近づくと、一言二言、ねぎらいの言葉をかけた。長兵衛が佐川に〝蝶よ花よ〟と気を使っていることは、誰の目にも明らかだった。

　おるいに手を引っぱられるうちに、いつのまにか板の間の端まで来ていた。佐川がさくらの目の前を通りすぎる。胸の鼓動が速くなった。

（す、凄い。何でこないに作り物みたいにきれいな人がおるんやろ。背中から、まばゆい後光が差してるみたいや）

　得も言われぬ香りが鼻をくすぐり、さくらは佐川の神々しさに気圧された。

「あ」

　佐川と一瞬だけ目が合った。視線がからみつく。吸い寄せられるようで目が離せなかった。

　緋牡丹の花弁のように紅い唇が開いて、言の葉がはらりとこぼれ落ちた。

「さくらはんとやらは、大坂の出どすか」

　なぜか佐川の眼差しは凍てつくように冷たかった。ふいっと目をそらしたかと思うと、何事もなかったように目の前をすーっと通りすぎていく。

（な、なんや）

　急に腹が立ってきた。

（京女はやっぱし〝いけず〟や）

　京都人の底意地の悪さを見せつけられた気がした。

　さくらのほうが七歳も年上であるにもかかわらず、佐川の貫禄に気圧され、どぎまぎしてしまった自分が情けなくなった。

「なに、ぼうっと見てるんでえ、さくらのド間抜け。先回りして仲之町に行くぜ」

おるいが眉をしかめて、さくらの手を強く引いた。

佐川一行が、屋号の染め抜かれた大暖簾をくぐって、ゆっくりと外に繰り出していった。通りで、傘を広げて待ち受けている、力也のすらりとした後ろ姿が見えた。

(やっぱし力也の仕事ぶりが気になるし、見に行ってみたろ)

さくらは襷を素早く取るや、胸元にしまい込んだ。

「竜次さん、おるいちゃんのお供で外に出てきます」

言うなり、おるいとともに、見世の横手から江戸町二丁目に通じる路地に出た。

おるいに手を引っ張られたまま、路地や他所さまの庭先を抜けて、吉原最奥に当たる水道尻と呼ばれるところまで、小走りでどんどん駆け抜けた。

花魁道中とは、大見世でも最上級の花魁が茶屋まで客を迎えに行くことを言い、大勢供の者を引き連れて、引手茶屋がずらりと建ち並ぶ仲之町を、ゆるりゆるりと練り歩く。

仲之町は、吉原唯一の出入り口である大門から、突き当たりの水道尻まで、一直線の通りだった。さくらとおるいは、見物人の人垣が途切れた、水道尻にある秋葉常灯明の脇に陣取った。

「これを胸に入れてたら暖かかったけど、だいぶ冷めちまったし、さくらに食わせてやらあ」

おるいは、胸元から、手拭いにくるんだ、ふかし芋の食べ残しを取り出して、さくらに手渡した。甘い芋の匂いが鼻をくすぐる。

「ありがとう」

ほくほくした芋をほろっと割って、ひと口、口に入れた。芋はまだ温かかった。灯明の薄明かりでも、黄色が鮮やかで目にも嬉しい。

「うめえかよ」と、おるいがさくらの顔を覗き込んだ。

「寒い日は何よりです。栗に似ているけど、ぽろぽろ具合の中にしっとりした舌触りがあって、それに、栗とは甘さの度合いが違ってますねえ」

甘味が心を温め、さくらの言葉数も多くなった。日が落ちて冷えてきた戸外では、温かさと甘味が何よりのご馳走だった。

「焼芋のほうが香ばしい匂いがするし、甘えから好きなんだけどな」

「焼芋屋って、正月から三月頃までは、ふかし芋や芋の丸揚げを売っているんでしょ。ふふ、焼芋屋という看板に偽りありですよね」

笑いながら、芋にぱくりとかぶりついた。

常灯明の両脇に植えられた柳の枝が風にそよぐ。さくらが美味しそうに芋を食べる様子を見上げていたおるいが、

「おい、全部、食うんじゃねえ」

さくらの手から残りの一かけを奪い取って一気に頬張った。

道の両側には鈴なりの見物客がいる。

大見世玉屋の花魁が通り過ぎた後、しばらく間《ま》が空いた。

「佐川はまだかよう」

じれたおるいが、小さな下駄で土を蹴り上げたとき、どっとどよめきが上がった。

仲之町の沿道が、にわかに騒がしくなる。

「来たぞ、佐川が来たぞ」

かなたに佐川一行らしき姿が見えた。高さ五、六寸もある下駄を履き、外八文字を踏んで練り歩いてくる。

日が沈み切って、青みがかった残照と茶屋の灯りが通りを彩っていた。何もかもが霞んで、まるで夢の中にいるようだった。

箱提灯を手にした見世番が先頭に立っていた。十代半ばの振袖新造、千歳と袖浦が、しゃなしゃなと続く。何がおかしいのか、ときおり二人で笑い合っている。続いて佐川

が、左右に禿のつるじとはつねを引き連れて現れた。一番幼い、七歳のはつねの利かん気そうな瞳がきらきらと光る。

長柄傘を高々とさしかけている力也のきりりとした横顔に、茶屋の灯がちろちろと映る。暗いため定かでないが、緊張で頬が紅潮しているように見えた。

三十過ぎの番頭新造と遣手のおさよが末尾を押さえ、佐川と力也の後光が差すような姿を際立たせていた。通りに鈴なりになった見物人が口々に力也を褒めそやす。

「雄蝶と雌蝶でえ」

「新しい傘持ちは、佐川の脇にいても見劣りしねえ美形じゃねえか」

「売れっ子の陰間や寺小姓も顔負けよ」

「佐川も傘持ちも、まるで生きた人形でえ」

「『生人形』の見世物小屋にだって、こんな人形はいめえよ」

聞き慣れない言葉に、さくらは腰を落として、おるいの耳に顔を近づけた。

「生人形って何ですか」

「知らねえのかよ。浅草奥山に生人形の見世物小屋が建ってんだ。本物の人と見間違う出来なもんで大の評判でえ。おれっちも、まだ見たことねえがな」

おるいは小馬鹿にしたように小さな鼻をうごめかせた。

「そんな見世物があるんですね」

「でもって、人形師の若師匠ってえのがえらく美男だって評判だぜ。裏方だからめったに姿を拝めねえそうだけどな」

おるいは得意げに付け加えた。

佐川一行が通りすぎても見物客は散り散りにならず、一行の後をぞろぞろ追っていった。さくらとおるいも、人波とともに大門のほうに向かった。大門前にある、最高級の引手茶屋『山口巴』では、お大尽の客が今か今かと佐川の到着を待っている。大門口にある待合の辻も近くなり、江戸町二丁目と仲之町が交差する辺りまで戻ってきたときだった。

佐野槌屋の楼主長兵衛夫婦の姿が見えた。

「たいした人気ですねえ、おまえさま」とお勢以が言うと、

「絶世の美男美女の取り合わせで、さらに人気を呼ぶでしょうよ」

長兵衛が、落ち着いた、穏やかな声で答えた。

「おまえさま、いまさらですが、佐川は、ほんに良い買い物でしたなあ」

眉を落とした、白い大福餅のようなお勢以の顔の中で、お歯黒の歯が黒光りした。

「まさに佐川大明神ですな。島原で太夫をしていただけのことはありますよ。あんなに

教養のある女、この吉原にゃいやしません。暇さえあれば、難しい書物を読みふけっているのですからね」と長兵衛。

お勢以は、艶っぽい仕草で鬢のほつれ毛を撫でつけながら、

「おまえさまと一緒になって佐野槌屋を構えた頃といえば……。女郎の数だけ多くても、稼ぎのほうは今一つでしたからねえ」と感慨深げに言った。

「今じゃ見世も繁盛、佐川は吉原一と謳われる花魁だ。おかげでうちも大見世のように道中ができるようになりました。ありがたいことですよ」

「それにしても、おまえさま、傘持ちを力也に替えてほんに良かったですよ。初めてだってのに度胸があります。なかなか、ああはいきませんよ」

「力也も拾いものでしたな。うちの見世にはよほど良い運がついているようですな」

「おまえさまの人徳が福を呼び込んでいるのですよ。おまえさまと夫婦になってほんに幸せですよ」

「親子ほども歳が違うというのに、わたしのことをそのように思ってくれる。わたしはまこと果報者ですよ」

「おまえさま」

お勢以の丸っこい身体が、長兵衛の角張った体にしなだれかかった。

（まるで夫婦《みょうと》になったばかりの若夫婦みたいやな）

長兵衛とお勢以は、ゆるゆるとした足取りで佐野槌屋へ戻っていった。

「おい、さくら」

おるいが、さくらの袖を引いた。茶屋に挟まれた、路地の暗がりに引っ張り込むと、さくらの胸元を、ぐいとつかんで引き寄せ、耳元でささやいた。

「さくらのうつけもん。いい事を教えてやるぜ」

耳にかかる息がくすぐったくて、さくらは思わず首をすくめた。

「佐川は島原の太夫なんかじゃねえんだ。公家の娘には違いないかもしれねえけど」

「ええっ、そうなんですか」

「この吉原じゃ、禿から大事に育てられた者しか最上級の呼出しになれねえんだ。大人の女をいきなり呼出しの地位につけるなんて、もってのほかだ。けど、せっかくの上玉だからよ。まことしやかな嘘をでっち上げたってわけよ。この秘密を知っているのはお父《とう》と番頭だけでぇ。あの大福婆ぁだって知りゃしねえ。これは誰にも内緒だぜ」

おるいは片目を不器用につむってみせた。本当の話かどうか怪しかったが、

（とっておきの秘密を打ち明けてくれたつもりなんやろな）

さっき食べた芋の甘さが口の中に蘇って、思わず、むふっと口元がゆるんだ。

「分かりました。誰にも言わないって、ここで指切りげんまんしましょう」

おるいの小さくか細い小指に、少し荒れて、ささくれ立った小指を絡ませた。

「大の大人が指切りかよ」

おるいが小馬鹿にしたような顔でにやっと笑った。

待ち構えていた山口巴の亭主夫婦に迎えられて、佐川が青簾の内に静々と入っていった。力也も傘をすぼめて後に続いた。茶屋の二階座敷で酒宴が催された後、佐川が客を案内して佐野槌屋に戻ることになる。

（佐川さんて、いったいどないな人なんやろ）

さくらは急ぎ足で見世に戻った。

六

浅草田圃に点在する農家の庭先から、朝を告げる雄鶏の声が聞こえてくる。さくらは、まだ薄暗い台所の上がり口に、力也と肩を並べて腰を下ろしていた。

「ここで奉公し始めてから二十日余りになるね」

さくらは力也に白湯の入った湯飲みを手渡した。

カリカリ。力也が大坂漬を食む音が、さくらの耳に心地良く響いてくる。大坂漬は蕪や大根で作る浅漬けで、今食べているのは蕪の茎の浅漬けだった。生の野菜のすがすがしさと、しんなりした食感が嬉しい。塩気も控えめなので舌にも優しかった。

「けっこういけるぜ。今度はもっとたくさん作ってくれよ。台所で働いてるんだから造作もねえだろ」

力也は、白湯を飲みながら、さくらを横目で見た。甘えるような眼差しが、少年だった頃の伊織を思い出させた。

「それがね。この台所の中で勝手に使える物は一つもないの」

大根の尻尾のそのまた先端、しなびた葉一枚でさえ無断で使えなかった。

「珍しいことに、竜次さんがほんの少し蕪の茎を捨てていたので、それを拾って漬けたの」

さくらは正直に事情を明かした。

「何でえ。ごみ屑を俺に食わせやがったのかよ。馬鹿にしやがって」

力也は、形の良い眉を吊り上げ、語気荒く立ち上がった。

「ごめん、ごめん。すごく美味しくできたので、力也にも食べて欲しかったの」

さくらの懸命な眼差しに、力也はもう一度、さくらの横に腰を下ろした。頬がまだ不満げに膨らんでいるものの、残りの大坂漬を食べ始めた。

「力也、お務めに身が入ってないみたいね。花魁道中の傘持ちだけじゃなくて、掃除とか地味で細々《こまごま》した用もちゃんとこなさないと」

さらに怒らせそうだと思いながら、気がかりを口にした。

「俺はよ、こんな汚らわしい所は、まっぴらなんだ。女だけじゃなくって、男まで、目を合わせただけで、ちょっかい出してきやがる」

横顔を向けたまま、力也は吐き捨てるように言った。

「この前なんぞ、面番所の塚本左門ってえ同心が粉をかけてきやがったから、こっぴどく悪態をついてやったんだ。塚本の奴、青い顔で面番所の中に逃げ込みやがった。若造だからって、舐められてたまるか。ざまあ見ろってんだ。あははは」

力也はいたずらっ子のように白い歯を見せた。

吉原唯一の出入り口、大門にある門番所を面番所と言い、隠密廻り同心が配下の岡っ引きらとともに門の内外を見張っていた。

「あらまあ、この前は陰間になろうなんて言ってたくせに」

「それとこれとは違わあ。俺だって、銭を稼ぐためにゃ、それなりの覚悟もすらあ」

力也は心外そうに口を尖らせた。

「はい、はい。分かりましたよ」

さくらはおかしくなって、くつくつと笑った。

「一番、我慢できねえことはよ」と力也は急に真剣な眼差しになった。

「ここにいちゃ、玄武館道場へ通えねえことなんだ。俺はどうあっても剣で身を立てえんだ。武士になりてえ。だから、俺、近いうちにここを出るよ」

膝の上で拳を握りしめながら強い口調で言った。

(行きあたりばったりでここを出ても、まだまだ子供やさかいろくなことあらへん)

急に心配になってきた。力也はたった一人の身内である。さくらの中のおせっかいの虫が騒ぐというより、姉か母親のような気持ちになった。

「力也の気持ちはよく分かるよ。でも、焦っちゃだめ。これからのことは、一緒にじっくり考えましょう。もうしばらく辛抱して。ね、お願い。きっとわたしが何とかするから待っててちょうだい」

手を合わせて懇願するさくらに、力也は黙ってこくんとうなずいた。

朝四ツを過ぎて、ようやく廓の一日が動き出した。御内所では、楼主の長兵衛が、昨夜の客の数を大福帳に書き記している。女将のお勢以は、大火鉢の灰を火箸で突きながら所在なげにしていた。妓楼の女将といえば、不在がちな楼主に代わって見世の内を取り仕きるものだが、お勢以は何もかも長兵衛任せで、毎日のように稽古事や芝居見物に出歩いていた。

　台所は入れ替わり立ち替わり食事をとりにくる者たちでごった返していた。さくらが、禿の差し出した椀に味噌汁を注いでいたときだった。ぱたぱたと慌ただしく階段を下りてくる足音がした。さくらは一階の真ん中にある大階段に目を向けた。

間着に帯を締めた、寝巻姿の佐川だった。さくらのほうにまっすぐ迫ってくる。

「うちの禿の、はつねを知らへんか」

にらみつけるような眼差しで尋ねた。

（ほんまにもう。台所の下働きと馬鹿にして。人にものを尋ねる態度やあらへん）

かっと頭に血が上ったさくらは、

「え、知りませんけど」とそっけなく返した。

「はつねなら、だいぶ前に二階から下りてきよったけんど、飯も食わんかった。何や様子が変やったさかい声ぇかけたんやけど、ふらふら奥へ行ってもうたで」

竜次が、出入りの八百屋『八百政』とのやりとりを中断して口をはさんだ。

「奥どすか」

佐川は御内所の横を素通りして板張りの廊下に向かった。よほど慌てているのか、敷居でつまずいて転びそうになった。

「どうしたのだね」

大福帳から目を上げた長兵衛に、遣手のおさよが、

「はつねが、昨日、あたしに舐めた言葉遣いをしたもので、こっぴどく折檻してやったんですよ。押し入れの隅っこにでも隠れて、すねてるんですよ。そのうち出てきますさあ。あの子は強情で難儀しますよ。出てきたら、もっときつくお仕置きしなきゃね。姉女郎として、佐川も、妹女郎のしつけを……」

言いかけたが、長兵衛にぎろりとにらまれ、慌てて口を閉じた。

（そんなわけやったんか。はつねちゃん、かわいそう）

はつねの癇が強そうな強い瞳を思い出した。台所の下働きが出る幕ではなかったが、おせっかいの虫が黙っていない。

「わたしもはつねちゃんを探してきます」

言うなり、竜次の返事も聞かずに佐川の後を追った。今頃になって、大階段をもたもた下りてきた振袖新造二人と禿もあたふたついてくる。

奥には中庭があり、楼主夫婦の住む座敷、便所や風呂、下級遊女や、さくらたち奉公

人が、それぞれ雑魚寝する大部屋があった。

禿のつるじが、長い渡り廊下からひょいっと中庭に下りて裸足で走り始めた。

「はつねどん、どこだ。隠れてねえで出てきな」

まるでかくれんぼでもするような悠長さに、

「役に立たねえ餓鬼め」

男勝りの千歳が悪態をつきながら、奉公人が寝起きする大部屋へと向かった。

苦界ゆえ自ら命を絶つ者は多い。さくらの全身から、じんわりと汗が滲み出した。

「隠れて泣いているなら、行灯部屋か布団部屋じゃないかな」

さくらの言葉に、袖浦が口をへの字にしながらうなずいた。

行灯部屋の戸を開けると、埃っぽい臭いが、どっと襲いかかってきた。竜次の話によると、薄暗く、ろくに掃除もしていない行灯部屋は、病気になった遊女が寝かされたり、金を払えない客が閉じ込められるという。遊女と訳ありの男が秘め事に使うこともあるらしかった。

「はつねちゃん」

名を呼びながら、行灯部屋の隅々まで探したが、はつねの姿はなかった。すぐさま隣の布団部屋に向かった。だが、ここにもはつねはいなかった。袖浦はおろおろしているばかりで、さくらの後をずっとついてくる。

「こっちどすえ。来とくれやす」

佐川の切迫した声が響いてきた。声がした方向には長兵衛の居室がある。廻り廊下を急いだ。袖浦の足音が追ってくる。

長兵衛の部屋に着くと、佐川が、人形のようにぐったりとしたはつねを抱きかかえ、首の辺りを手で押さえていた。畳の上には血のついた剃刀が落ちている。

佐川の顔はまるで血の流れが止まったように真っ青だった。袖浦は、敷居の手前で棒立ちになったまま、声も出せず、おかしいほど身体をがたがたと震わせている。

さくらは武家の娘である。少々の血を見ても慌てることはなかった。

畳の上に血が飛び散っていたが、たいした量ではない。ぐったりしているが気を失っていなかった。

「見せてください」

剃刀で首をかき切るつもりだったのだろう。首筋に一本、紅い傷口が見えた。

「大丈夫、かすり傷です」

さくらは持っていた手拭いを、はつねの首にしっかり押し当てて止血した。

「そのまま行灯部屋まで運びよし」

気を取り直した佐川は、さくらに向かって、顎でしゃくるように指図した。

「袖浦、血の跡、拭き取るんえ。念入りにしよし。これ、袖浦、聞いてるんか。ほんまにあんたはのろまで使い物にならへん女子《おなご》どすなあ」

袖浦を叱る佐川の声を聞きながら、はつねを抱き上げて行灯部屋に急いだ。佐川も裾さばきのしゅるしゅるという音をさせながら追ってくる。日の差さぬ行灯部屋の片隅に古びた布団があった。薄い布団を広げ、はつねを寝かせた。

「理不尽に折檻された腹いせちゅうて、父《てて》さまの部屋で死んでみせよて思たんかいな。あんたは気性の激しい子ぉや。うちのこまい頃とよう似てるえ」

はつねは、けし禿と呼ばれる禿で、頭のてっぺんだけ毛を残していた。佐川は自分の髪に差した櫛を外し、はつねの頭のてっぺんにある毛の乱れを直してやった。

「見つかったかい」

遣手のおさよが、苦虫を噛み潰したような顔でやってきた。

「おさよ、あんたのせいどす。可哀想に、はつねは首かき切って死のうとしたのどすえ」

佐川は、燃えるような怒りの眼差しで、おさよをにらみつけた。

「何言ってやがるんでえ。佐川、天狗になるのもいい加減にしな。それもこれも、てめえのしつけが悪いからさね。死のうなんて端から思っちゃいねえよ。わっちへのいやがらせでえ」

　地が出たらしく、おさよの言葉は荒っぽい。

「はつね、そんなに死にてえのなら望み通りにしてやらあ。素っ裸にひん剝いて庭の木にくくりつけてやる。まだまだ夜は寒いんだ。水をぶっかけりゃ、今夜辺り、凍え死ぬだろうよ」

　遣手は遊女の取り締まりに当たる役目で、遊女への折檻は日常茶飯事。幼い禿一人の命くらい何とも思っていない。

「おさよさん、それはあまりに可哀想じゃないですか」

　さくらは佐川とおさよの間に割って入った。

「台所の下働き風情が何、寝言、言いやがる」

　おさよは、さくらの胸をどんと突いた。

「何をするんです」

　おさよに詰め寄ろうとするさくらを、佐川が手で制した。

「禿がしたことは姉女郎の罪どす。代わりに、うちを仕置きしとくれやす」

　啖呵をきる佐川に、おさよの目が、あり得ぬほどぎゅっと吊り上がった。

「なら、望みどおり二人とも仕置きしてやらあ」

おさよが、手近にあった古ぼけた箱枕を、佐川目がけて投げつけた。避ける拍子に佐川が膝を突いた。おさよが、佐川の立兵庫に結った髪に、ぐいっと手をかけた。元結いがふつりと切れる。差していた鼈甲の笄《こうがい》が、ぱきりと折れて飛び散った。

「やれるものなら、やってみよし」

佐川も負けていない。おさよにむしゃぶりついた。引っかく、髪を引っ張る、顔を平手打ちする。取っ組み合いの大喧嘩がはじまった。

「やめなせえよお、後生だあ。ひああああ」

二人の争いの激しさに、袖浦は、ただただ泣きわめく。

騒ぎを聞きつけて、若い者が数人姿をみせたが、猫の喧嘩よりも激しい女二人の争いに臆して、行灯部屋に入ってこなかった。

（ほんまにもうっ。皆で、早よ止めたらええのに）

さくらの心の中のおせっかいの虫が、早く何とかしてやれと騒ぎ出した。

女の喧嘩に、武道の技を使うわけにはいかない。

裾を高くからげた。はずしていた襷をかけ直す。戸口にいた若い者たちを押しのけて部屋を出ると、一階の奥にある風呂場に走った。

遊女のための風呂場は広く、湯船も大きかった。遊女が二人、ぺちゃくちゃ話をしながら身体を洗い、三人の遊女がのんびりと湯船につかっていた。

「ちょっと拝借します」

呆気にとられる湯の番や遊女たちを尻目に、風呂桶いっぱいに湯をくんだ。とととと足音を立てながら、行灯部屋に取って返した。

ばしゃっ。組んずほぐれつの真っ最中である佐川とおさよに、風呂の湯を思い切り浴びせかけた。

一瞬、場が固まった。まるでつきものが落ちたように、佐川とおさよは、その場にへなへなと座り込んだ。

「もう気がすんだでしょ」

さくらは背筋をしゃんと伸ばし、武道仕込みの胆力をこめてびしっと言い放った。

「佐川さんは京島原で太夫までつとめたお方じゃないですか。日頃の教養や気品はどこへいったんです。おさよさんだって、長年この苦界をくぐり抜けてきて、酸いも甘いもかみ分けたいい大人でしょ」

我に返った佐川は恥じらうように頬を染めた。おさよもさくらの気迫にのまれたのか、さくらをにらみつけるだけで黙っている。

「下働き風情が、さしでがましい事をいたして、まことにご無礼つかまつりました」

さくらが馬鹿丁寧に床に手をついて、武家風のお辞儀をしたときだった。

「さくら、なかなかやるじゃないですか」

後ろから、ぱんぱんと手を叩く音と、長兵衛の低い声がした。

おさよは太ももまであらわになっていた着物の裾を直した。佐川が座り直す。

（旦那さんはこの騒ぎ、どない始末をつけはるんやろ）

にわかに心配になった。心臓がきゅっとしめつけられた。

「ふうむ」

長兵衛は、顎に手をやりながら、部屋の隅にいるはつねに近づいた。はつねは強い目で長兵衛を見返した。

「うなじの剃り残しを剃ろうとして、誤って首筋を切ってしまったのだね」

思いがけぬ長兵衛の助け船に、さくらは驚いた。

「ともかく大事なくて上々です。な、おさよ」

長兵衛のひとにらみに、おさよは、

「ほんに、さようでございます」とていねいな言葉遣いに戻ってうなずいた。

「佐川、はつねをつれて部屋に戻りなさい」

長兵衛は、すたすたと長い廻り廊下を伝って御内所へ戻っていった。

「おおきに」

佐川は、後ろ姿に向かって、たおやかな仕草で深々と頭を垂れた。

七

台所で働く者たちにとって、昼八ツ過ぎまでが一息つけるときだった。

「ほな、ちょっと出かけてくるわ。鰹節がのうなりそうやさかいな」

きびきびした動きで軽衫《かるさん》を脱ぐ竜次に、出入りの貸本屋が声をかけてきた。

「また今戸の乾物屋までお出かけですかい。ご苦労なこってすな」

貸本屋の本長は、睫毛の深い目を竜次に向けた。本長は相撲取り崩れの大男で、本長が担げば本の入った大きな荷物も小さく見えた。

（もと相撲取りいうたら……）

屋台の天ぷら屋を営む福助の巨体がふっと目の前に浮かんだ。

（あれから半月やな。福助さんとお清さんはあいかわらずやろか、生まれた赤ちゃんは

元気に育ってるんやろか）

　絶妙に下味のついたあじの天ぷらの、さくさくあつあつ具合が口の中に蘇って、もう一度食べに行きたくなってきた。

　さくらが思わず舌なめずりしている横で、竜次と本長の話は続いていた。

「安物ばっかしの、小《ちっこ》うてぼろい乾物屋やけどな。あそこのおっさん、鰹節磨きの腕だけは確かやからのぉ」

「吉原内にだって乾物屋はあるじゃないですか。客人に出す大層な料理じゃなし」

　本長は、本が入った風呂敷包みの形を癇性に整えながら言った。

「そこが、わいのこだわりや。うちの親父は、けちくさいからのう。売れてへん女郎やら使用人に出すまかないやさかい、できるだけ安うあげえて言いよる。そやさかい、具かて味噌かて、けちらんならん。せめて出汁くらい、ましなもん使《つこ》てやりたいねん」

　声を潜めているつもりらしかったが、竜次の地声は大きく、御内所まで筒抜けだった。番頭の幸助と話していた長兵衛が帳面から顔を上げて、竜次たちのほうを横目でちらりと見た。本長が幅広い肩をすくめながら、慌てて話題を変えた。

「ところで今、佐川花魁にお届けしたばかりなんですがね。儒学の書物など、本当に難しい本ばかり読まれる。頼まれた書物を仕入れるのに毎度、四苦八苦しますよ」

本長は大きな風呂敷包みをひょいと背負った。

「がはは、わいなんか、岸和田で二本差しやった頃から、本、見たら身体が痒《かゆ》なったもんやけどな」

竜次の思いがけぬ言葉に、さくらは白湯を飲みかけていた手を止めた。

「竜次さんも武家の出だったのですか」

「あ、まあ、昔のことはどうでもええがな」

竜次の返事は歯切れが悪かった。

（武家いうても、ぴんからきりまでおるさかいな。品のなさからして、たいしたお家の出やないのは確かやろ）

代々、浪人の身だった平山家のことを棚に上げて、さくらは勝手に得心した。

「そうそう、竜次さん、佐川さんといえば、台屋から取り寄せた朝餉に箸をつけないまま、振袖新造と禿に全部食わしてしまったらしいですよ」という本長に、

「朝のうちに、ちょっとあったさかいな。後で、もっぺん、仕出しを取り寄せて食いよるやろ。ほな、行ってくるわ」

竜次は裾をからげ、きびきびした身のこなしで通りに飛び出した。大きな風呂敷を背負い直した本長は、のっそりとした動きで、二階への大階段を上っていった。

下働きたちが、そそくさと台所を後にすると、辺りは急にしんとなった。昼間に客がつくことは少ない。通りに面した張見世に出ている遊女たちの声にも、華やかさが感じられなかった。間延びした一時が佐野槌屋の内を満たしていた。

さくらの心に、身を賭して、はつねをかばった佐川の顔がふっと蘇った。

(いけすかん京女やけど、ええとこもあるもんや)

さくらの中で、おせっかいの虫が鳴き声を奏で始めた。

(そや。食欲がのうても、目先が変わった料理やったら口にしはるんやないか)

さくらは、ぽんと手を打った。

高位の花魁は毎日、台屋からとった料理を食べていた。仕出し料理は見た目ばかりで心がこもっていない。食欲がなければなおさら食べたいとは思わないだろう。

(佐川さんのために手料理を作ってみたろかな)

「鬼の居ぬ間に、鬼の居ぬ間に」

小さくつぶやきながら、外していた襷をもう一度、きりりとかけると、心が、ぐんと軽やかに浮き立った。

(さて、何を作ったろ)

迷いに迷って、料理が決まらぬまま小鍋を用意していると、いつのまにかおるいがやってきて、さくらの前で仁王立ちになった。

「さくら、何を作るんでえ。竜次に見つかったら、ひでえ目にあわされるぜ」

「佐川さんのために何か作ってみようと思うんです」

「へええ。くだらねえことしやがる」

言いながらも、おるいの黒い瞳はきらきら光っている。

「京坂では昆布出汁が好まれるから、思い切って鰹節は使わないようにしようかな」

水のうちから昆布を入れた鍋を火にかけた。久々の料理に、さくらの心も、鍋の中の湯のように、ふつふつ浮き立っていった。

「昆布って、こんなにいい匂いだったんだな。いつも鰹の匂いばかりが強くて気がつかなかったよ」

おるいが、ちんまりとした鼻をひくひくと動かした。

「で、いったいぜんたい、何を作ろうってんだ」

おるいが、しゃがんださくらの両肩に小さな手を載せてきた。

「佐川さんは京の出だから、京風の料理を作ろうと思うんだけど何にしましょうか」

ほてった頬に手をやったとき、ふと、懐かしい『葛あん粥』の味が舌に蘇った。粥に味をつけずに、たっぷりの葛あんをかけた朝粥は、京の南禅寺にほど近い料亭『瓢亭』

の隠れた名物料理だった。

亡き父、忠一郎は〝大坂の食い倒れ〟を地で行く美食家で、質素な暮らしの中、金を工面してでも、京坂の名店の食べ歩きに連れていってくれた。今になってみれば、〝本物の味〟を舌で覚えさせてくれた忠一郎の心がありがたく思えた。

久々に人のために料理を作るという、わくわくする気持ちと、竜次の目を盗んで料理するという、どきどきそわそわする気持ちが混ざり合った。

「京を懐かしんでもらえるような味にしたいって思うんです」と言うさくらに、

「そんな上手え具合にいくもんか」おるいが小憎らしい合の手を入れた。

昆布で取った出汁に醬油を加えて、ぶくぶくいうまで煮立てた。

醬油の香ばしい匂いが昆布出汁の香りと混じり合う。心を誘い込むような香りが鼻をくすぐって、口の中に唾液がわき出した。おるいがちょこんとした小鼻をふくらませて、匂いを思い切り吸い込んだ。

おたまですくって味見してみると、甘くまろやかな昆布出汁と、控えめな醬油の味がほどよく混ざり合っていた。

次に出し汁でよく溶いた葛粉を加えた。とろ〜り。琥珀色に澄んだ葛あんができ上がった。

熱湯に洗った米を入れた。

「水からじゃなくって、ぶくぶく煮立てた湯にぶっ込むなんぞ、間違ってねえか」

「こうやったほうが、ほどよくさらっとしたお粥になるんです。固まらないように、すぐにかき混ぜるのがこつらしいですよ」

「へえ」おるいが鍋をのぞき込む。

「米の形が崩れると粘り気が出過ぎてしまうから気をつけないと」

白さが際立つ粥をほんの少し掌に取った。口に入れると、粘り気があるのに、さらりとしていた。

「おい、早く食わせろやい」

せっつくおるいのため、お椀に粥を入れて、とろりとした葛あんをかけてやった。

「火傷しないよう、ふうふう言ってから食べるのよ」

気づけば、気安い言葉遣いになっていたが、まあいいかと思うことにした。

「こりゃあ美味えや」

おるいは、いきなり粥をかき込んだ。

「うえええ。口の中が、火事でえ〜。さくらの馬鹿、ひでえ目にあわしやがる」

騒ぎ出すおるいに、さくらはほほえみながら湯冷ましを勧めた。

「言わないことじゃないでしょ」

言いながら、手拭いで、おるいの額に浮き出た汗を拭ってやった。

「じゃあ、佐川さんの所に持っていくね」

器を用意して熱々の粥を入れ、とろりとした葛あんをかけた。

（佐川さんかて、この味なら気に入ってくれはるやろ）

盆を手に、滅多に上がることのない、二階への大階段をとんとんと上った。

花魁たちの部屋がずらりと並んだ廊下をずんずん奥へと進む。

食べずに突っ返されないかと思えば、急に動悸が増した。

佐川の部屋は二階の最奥にあった。障子の中から振袖新造と禿が手遊びに興じる笑い声がしたが、佐川の声は聞こえなかった。

「佐川花魁、さくらです」

廊下から、ぴたりと閉じられた障子に向かって声をかけた。

「あれま、さくらさんけえ。いったい姉さまに何の用でえ」

障子が一尺ほど開いて、廊下に香の匂いが色濃く漂い出てきた。袖浦が顔を覗かせ、にかっと白い歯を見せた。千歳とつるじの笑顔も並んでいる。四畳半の部屋の奥に座敷の襖が見えたが、ぴたりと閉じられていた。

「はつね、開けたげとくれやす」

中から涼やかな声がして、奥の襖がすーっと開いた。血色の蘇った、はつねが、さくらに向かって照れ臭そうにお辞儀をした。首に巻いた白い布が痛々しい。

八畳の座敷の一角には、豪華絢爛な箪笥や長持、鏡台などとは不釣り合いな、中江藤樹の『大学啓蒙』や熊沢蕃山の『大学或問』といった陽明学の書物や、何だか分からない漢書の類いまでが、うずたかく積まれていた。

書見台で書物を読んでいた佐川は、さくらのほうを見もしなかった。

（おさよさんと取っ組み合いの喧嘩をしてたときとはまるで別人や）

佐川の貫禄に圧倒された。佐川は、さくらより七歳も年下だが、長年、苦界で生きてきた。のほほんと暮らしてきたさくらとは来し方の重みが違っていた。

「食が進まないと聞きました。葛あん粥です。これなら食べられるんじゃないですか」

胸を張って明るい声で言った。

「粥て、竜次はんが作らはったんどすか」

佐川は書物に目を向けたまま物憂げな口調で尋ねた。

「南禅寺近くの瓢亭ってご存じですよね。あそこの『朝粥』を真似てみました。もちろん同じには作れませんが、昆布だけでしっかり出汁を取ってあります。薄味に仕上げました。熱いうちにひと口だけでも召し上がってください」

畳の上に置いた盆を、佐川のほうに押しやった。

「は〜ん。さくらはんが作らはったんどすか」

ようやくこちらを向いた佐川は、見下すような顔で、乱れた髪に手をやった。丁寧な言葉遣いに、かえって馬鹿にされている気がした。

（おさよさんとの一件で、わたしに恥をかかされたと思てるんやな）

そのとき、部屋の中にわずかな風が吹き込んできた。葛あんの匂いが部屋中に広がり、佐川の眉の辺りがぴくりと動いた。

「せっかくの厚意どす。無碍にもできしまへんどす」

佐川の言葉に、つるじが、待ってましたとばかりに盆を受け取り、佐川の前にうやうやしく置いた。はつねが箸箱から梅の蒔絵が施された箸を取り出して、にこにこしながら佐川に手渡した。

佐川は、粥の入った器に手を伸ばして、気のない素振りで箸を使い始めた。熱い粥をひと口、ゆっくりと味わうように、紅を塗らずとも紅い唇に運んだ。

「よろしおすなあ。確かに江戸の濃い〜味とは一味違《ちご》てますえ」

「そうですか。お口に合って良かったです」

満面の笑顔で返すさくらに、

「けどなあ……」

佐川は薄い笑みを浮かべたまま箸を止めた。

「出汁が利きすぎどす。もうちょっと品良く、控えめがよろしおすなあ。ま、下働きはんが作らはったにしたら上出来やおへんか。せいだいおきばりやす」

言いながら器を盆に戻した。

（やっぱし京の人とは合わんわ。やさしい物言いでほめてるようで、あとで考えたらえらい皮肉やったとか、ほんまにいけずで根性が曲がってるんやもん）

京女佐川の持って回った言い方に腹が立った。

「残りはあんたらが食べよし」

はつねとつるじに声をかける、すました顔が憎らしい。

さくらの負けん気がぐぐと頭をもたげてきた。

（ようし。これからは、竜次さんだけやのうて佐川さんとも勝負や。佐川さんに、ほんまに美味しいて言わしたる）

さくらは心の内で固く誓った。

部屋を出ようとしたときだった。がつがつと粥を食べているはつねとつるじに目を向ける佐川の横顔がふと目に入った。

こけた頬に、きらりと光るものがひと筋伝うのが見えた。

「え」

もう一度、確かめようとしたが、佐川はすっと立ち上がって文机に向かった。

さくらは静かに襖を閉めるしかなかった。

第二話　決意の焼き大根

一

吉原では、三月一日から、仲之町に桜の木が植えられて、一年のうちでも一番、華々しい時期を迎える。二月末日の今日は、早朝から、箕輪の植木屋が大勢やってきて、桜の木を植える準備をしていた。明日になれば、通りに桜の木がずらりと並ぶ。どんなにきれいだろうと、うきうきしながら台所仕事をこなしていると……。

「お邪魔いたしますよ」

いつものように、大きな風呂敷包みを背負った貸本屋の本長が、上がり口の板の間に、どすんと腰を下ろした。

「竜次さん、ちょっと」

草履を脱いだ本長は、重い荷物を背負い直しながら、大まな板の前に陣取った竜次に声をかけた。歳が近い二人はひどく馬が合い、顔を合わせばいつもくだらない話に興じていた。

「何どい。今、忙しいの、分かってるやろがな」

「ちょいと小耳にはさんだ噂があるんですよ。竜次さんは大坂の出だから、お耳に入れようと思って」

本長は、竜次の返事を待たずに、見世の奥へすたすたと消えていった。

「ほんまに忙しい言うてんのに」

言いながら、手早く襷をはずした竜次は、

「さくら、怠けてんと、ちゃ〜んと仕事しさらさんかい。ちょっと目ぇ離したら何しよるか分からんぼけやさかいな」

一言も二言も多い台詞を残して、奥へ続く廊下に向かった。

(わたしには、ちょっと一服するのもあかんて言うんかいな)

心の内でぶつぶつ言いながら、大きな味噌漉しを使って出し汁に味噌を溶き混ぜ始めた。味噌が、大鍋の中でもやもやと模様を作りながら溶けていく。

味見をしてみた。蕪が少しだけ入った味噌汁は、竜次がこだわっている鰹節の出汁の香りだけが救いになっていた。

（味噌汁やのうて澄まし汁みたいやけど、言われてる濃さにせんとあかんしなあ）

薄い味噌汁にさらに水を足しながら、おたまでかき混ぜていると、思ったより早く、竜次が戻ってきた。顔が上気している。

「大坂はえらいことらしいで」といきなり切り出した竜次は、舌でぺろりと上唇を湿してから、一気にまくし立てた。

「大坂東町奉行所の与力やった、大塩平八郎ちゅう学者が、ぎょうさんの門人と一緒に騒動起こしよって、えらい大事《おおごと》になったそうや。ほんで、呆気のう鎮圧されたんやけど、大坂では、家がえらいぎょうさん焼けてしもたらしいで」

「大塩平八郎先生というと、大坂では有名な人ですし、わたしも良く知っていますけど」

平山道場に通ってくる武士や町人の間でも心酔する者が多かった。

伊織の生家は東町奉行所同心を務めていたので、代々与力である大塩家と行き来があり、伊織は、幼い頃、側妻に可愛がってもらっていた。

物静かな学者に見えたが、ある日、路上で弟子をひどく叱責しているところを見たことがあった。

激しい情を内に秘めた人だと思っていたが、とうとう……という気がした。

「大坂では大変なことがあったんですね」と気のない返事をすると、

「なんや、驚かそ思たのに」と竜次はつまらなそうに口を尖らせた。

「大坂に身寄りは、もう、一人もいないんです。だから驚くと言っても……」

「ほうかいな。しょうもな」

竜次は、調理しかけの平目が置かれた、大まな板の前に戻っていった。

（伊織さまが出奔せんと、あのまま東町奉行所の同心を続けてはったら、巻き込まれてはらんかと、えらい心配しとったとこやけど）

大坂の大事も、今のさくらには遠いところの出来事でしかなかった。

あっと言う間に朝四ツになり、遊女たちの一日がまた始まった。客を送り出してから二度寝していた遊女たちが起き出す。遅帰りの客を見送るため、小菊が大階段を下りてきた。

小菊は一番人気の佐川に次ぐ売れっ妓だが、佐川に比べるとかなり見劣りした。

客は絵から抜け出たような美男で、新八郎という役者だった。目鼻立ちがはっきりして姿も良かったが、崩れた陰翳をまとっていた。

小菊のほうが色客にぞっこんに見えた。遊女は惚れたふりで気を引いて次につなげる商いだが、小菊のしなだれ方は、見え透いた小芝居にしては真に迫っていた。

（小菊さん、あんなんで大丈夫なんやろか）

ついつい余所見していたところに、竜次の怒鳴り声が響いてきた。

「さくら、何べん言うたら分かるんじゃ。ちゃんと鍋の番をせんかい。たかが味噌汁と思てるやろけど大間違いやど。ちょっとでも煮え立たせたらあかんで」

「すみません。気をつけます」

珍しく素直に謝るさくらに気を良くしたのか、竜次は急に親しげな口調になった。

「新八郎のことやけどな。もうそろそろ〝二階を止められる〟やろな」

「二階を止められるって何ですか」

「ほんまに、さくらはあほんだらやな。客が見世に上げてもらえんようになるっちゅうこっちゃがな。新八郎には未払いの金がたまっとるさかいな。今日かて、小菊が身揚がりしての登楼やろな」

「小菊さんが揚げ代金を支払ったわけですか。自分の借金が増えるばかりなのに」

「まあ、色に狂うたら、そないなもんや。ようあるこっちゃで」

竜次はかかかと笑い飛ばした。

忙しく用をこなすうちに、見世の者たちの朝餉が終わって昼見世が始まった。台所の者たちが遅い朝餉をとり始める。竜次は自分の味噌汁の椀に、笊に入っていた何かを混ぜ込んで、箸でぐるぐるかき回し始めた。

「これを入れたら『きらず汁』ちゅうわけや。酔い覚ましにええねんで。昨日の晩はお客はんの相伴で、ついつい呑みすぎてしもたさかいな」

「それは何ですか」と、問いかける間もなく、

「おい、さくら、その椀を貸さんかい」

さくらが床に置いていた吸物椀を自分の膝元にぐいと引き寄せると、灰色のぽろぽろとした物を味噌汁に放り込んだ。卯の花――おからだった。

「ま、食うたらんかいや」

竜次は自分の箸で、さくらの味噌汁をぐるぐるとかき混ぜた。

「こないして、よう混ぜんとな」

（勝手に入れて、竜次さんの使《つこ》てる箸で混ぜるやて……）

文句を言ってやりたくなったが、何気ないかき混ぜ方さえも、流れるように粋で、思わず、竜次の手の動きに見とれてしまった。

「ほれ、早よ飲んでみんかい」

竜次は味噌汁の椀をさくらに手渡した。さくらがどう言うか、子供のような目をして見詰めている。

「卯の花は安い上に滋養に富んでいると言いますけど」

椀の底に沈んでしまうか、逆に浮くかと思えたが、卯の花は上手い具合に溶け込んでいた。恐る恐る味噌汁に口をつけてみると、味がなく、もさもさしていたが、具がほとんどない味噌汁よりお腹の足しになる。

「卯の花そのものには味がないので味噌の味と合いますね。きめの粗さが、かえっていいです。〝絞りかすでも、まだまだ滋養が残っている〟と思うと、得をした気がします」

「わいはな、この卯の花の味に満足してへんのや。たかが卯の花やけんど、何でもええっちゅうわけやない。こいつかて、あちこちの豆腐屋回って、一番美味い卯の花を買うたんやけどな。どうも納得できへんのや。あの豆腐屋、息子に代替わりしてから、出来が悪うなった。もっときめが粗いほうがええ」

竜次は食べ終えて箸を置くと、すっと立ち上がった。

「千住宿の豆腐屋まで卯の花の買いつけに行ってくるわ。昨日、本長から、千住の豆腐屋が評判て聞いたさかいな、豆腐が美味いなら卯の花もどないか、いっちょ、わいの目ぇと舌で確かめてきたろ思てな」

わざわざ千住宿まで出向くとは竜次らしい。

「ほなな」

竜次が尻っ端折りして鯔背な動きで出ていったのと入れ替わりに、出入りの八百屋の八百政が裏口から入ってきた。

「今日は遅くなっちまいやした」

八百政は土間に荷を下ろしながら、額に浮いた汗を、薄汚れた手拭いで拭いた。

「あら」

籠の中をのぞいたさくらは、野菜の陰に隠れるように入っていた蕗《ふき》の薹《とう》に気づいた。薄緑の衣をまとった、小さな童のような姿が愛らしい。

「蕗の薹ってまだあったんですね。季節柄、もう終わったと思っていました」

「へ、へえ。これは売り物じゃねえんで。ここへ来る途中の土手にちょこっと生えてたもんで、ついでに摘んで来やした。夕餉の菜に使おうと思ってね」

八百政は、いつもの場所に、手際よく野菜を置きながら答えた。

（そういえば、父上が好きやったなあ）

奥庭の日陰で、土の中からひょこんと顔を出した蕗の薹を摘んでいた、父忠一郎の大きな背中を思い出した。客が来ると、忠一郎自ら台所に立って料理にいそしんだものだった。眉間に皺を寄せて気難しい顔をしていたが、心の内では嬉々として料理を作っていたのだと、今なら分かる気がした。

（よっしゃ。父上の自慢料理やった、蕗味噌を作ったろ）

ひらめいたさくらは、愛想笑いを浮かべながら八百政に声をかけた。

「ねえ、その蕗の薹、おまけしてくれないかしら。仕入れてきた品じゃないんだし」

どうしても作りたいという欲が厚かましい言葉となって、口から流れ出した。

「おやまあ、さくらさんも言うねえ」

「ね、ね、お願い。八百政さん、この通り」

ここは押しの一手しかない。さくらはおどけた顔で手を合わせた。

「しょうがないねえ。別嬪さんに拝まれちゃ、いやとは言えねえやな」

八百政は、眉をハの字にして笑った。笑うと純朴さが際立った。

「じゃあ、あっしはこれで」

八百政はせかせかとした足取りで帰っていった。

「何をこそこそ作るつもりでえ。さくらもこりねえなあ」

さくらの動きを見張っていたように、長兵衛の娘、こまっしゃくれたおるいが姿を現した。

「また竜次にこっぴどく叱られるぞ。止めとけ、止めとけ」

小憎らしい事を言いながら、さくらの顔を見上げた。

おるいに向かって、嫌味なほど、に～っこり笑ってみせた。

「うんと美味しい蕗味噌を作って、みんなを驚かせようと思ってね」

「おらあ、蕗の薹は好かねえ。苦くってよ」

おるいは、ちんまりした鼻の穴をふくらませ、いかにも嫌そうに顔をしかめた。

「しっかり塩もみしてあくを抜けば大丈夫」

袖をまくって、きりりと襷をかけた。

塩もみした蕗を刻んで胡麻油で炒めた後、砂糖、酒、味噌を加えて汁気がなくなるまでさらに炒めた。胡麻油の香ばしい香りが辺りに漂い始めた。

白飯と一緒に食べると、何杯でもお代わりできそうである。

ひと口、口にすると、春あふれる苦みが何とも嬉しかった。

「ちょっと食べてみて。ほろ苦くて大人の味だけど」

おるいにも、ほんの少しおすそわけしてやった。

「ふうん。まあ食えねえことはねえな。美味かねえがな」

おるいは、またも小鼻をふくらませながら、さらにひとつまみ、つまみ食いした。

炊きたての熱いご飯に載せて食べるのもいいが、お酒の肴にも合いそうだった。

（お酒っちゅうたら……）

佐川の人形のようにとり澄ましたいけず顔が、目の前にふっと浮かんだ。と、同時になぜ、あのとき涙を流していたのか気になった。

（この蕗味噌で勝負や。今度は、美味しいて言わせたる）

蕗味噌を入れた小鉢を載せた盆を手に、勇んで大階段を上りかけたとき、階段の真ん中辺りで、佐川の振袖新造千歳が下りてくるところに出くわした。白い顔がさらに色を失っていた。

「どうしたの」

「姉さまが倒れなすった」

それだけ言うと、千歳はどたどたと階段を下って御内所に走っていった。

さくらは二階の廊下の隅に盆を置くや、奥へと続く廊下を走った。

部屋の前には、すでに遊女たち数人が集まっていた。襖は開いたままで、振袖新造の袖浦や禿のはつねとつるじが、文机に突っ伏した佐川を囲んでおろおろしている。

「佐川さん、大丈夫ですか」

駆け寄ったさくらに、佐川は薄く目を開いた。だが、その瞳は何も映していない。

「大丈夫や。ちょっとふらっとしただけやさかい」

佐川は誰に言うともなく小さくつぶやいた。顔色はまるで死人のようだった。

文机の上には、金襴の袋に包まれた懐剣が置かれていた。なぜかその古い袋が目に焼きついた。

遣手のおさよや、番頭の幸助たちがどやどやと雪崩込んできた。

「見世物じゃねえ」

幸助がにらみを利かせて、廊下にいた者たちを追い払うと襖をぴたりと閉めた。

二

佐川はなかなか復調せず、気鬱の病を治すために出療養することになった。全盛の花魁であればこその扱いだった。

佐川は、振袖新造二人と禿二人、そしてさくらとともに、箕輪にある寮（別荘）に引き移った。

箕輪の里は植木屋が多く、田の中に緑の浮島が点在していた。周辺はかわらけ焼きでも知られ、あちこちの窯から煙がゆったりと立ち上るさまは風情があった。

寮は、佐野槌屋の持ち物だけあって敷地が広く、豪壮な造りで、吉原が全焼したとき、市中に仮宅が整うまで遊女たちが暮らす場にも使われていた。

寮に引き移って二日目の昼下がりだった。さくらは、誰もいない台所で、鍋にこびりついたこげを洗いながら、大きなため息をついた。

（ほんまに良かったんやろか）

さくらの中のおせっかいの虫が、佐川をこのまま放っておけるはずがなく、長兵衛に、佐川の世話を申し出たところ、

「願ってもないことです。わたしからも改めてお願いしますよ」と二つ返事で承知してくれた。

だが……。

佐川は、なぜか目を合わせようともしなかった。取りつく島もない。さくらは佐川の部屋にはなるべく近づかず、だが、目を離さずに見守ることにしていた。

正直なところ、この先が思いやられて、ついついぼやきたくもなる。

（ぜがひでも佐川さんがふさぎこんでるわけを突きとめんと）

心のこもった料理で佐川の凍りついた心を少しずつでも溶かしていくしかない。

おせっかいの虫も応援している。

考えながら鍋を棚にしまっていたとき、竜次がひょいと顔を見せた。

「佐川はんのこと、あんじょう気ぃつけたってな」

端折っていた裾を下ろして、機敏な手つきで払いながら、いつになく真剣な眼差しで切り出した。

「分かってますよ。いつも新造と禿が側にいますから」

安心した竜次は、

「それはそうとやで。これ、食うてみ」

懐から、汁が染み出ないよう、油紙で包まれた竹皮包みを取り出した。

中には『大根の青海苔和え』が入っていた。

「うわ〜、美味しそうですね」

賽子《さいころ》のように切られた大根の白さと青海苔の緑が清々しく、食欲をそそった。

「さっと茹でた大根に酢と塩を絡めて、青海苔をまぶしてあるんや」

「わたしも大坂にいた頃『素人包丁』を読んで作ってみましたが、こういう料理は簡単なようで、塩梅が難しいんですよね」

「わいは本を読まんさかいな。忠右衛門はんから教えてもろたんやけどな」

竜次は鼻に皺を寄せて苦笑いした。

「じゃあ、いただきます」

さくらは大根を一つ、指でつまんで、口にぽいと放り込んだ。

「みずみずしい！　歯応えがしっかり残っていて、しかも柔らかいです。青海苔のいい香りが引き立っていますね」と評するさくらに、

「ほんで、気に入らんとこはないんかいや」と聞き返してきた。

「わたしの好みから言えば、もう少し、塩気が少ないほうがありがたいです」

言ってから機嫌を損ねたかと思ったが、渋い顔をしたものの、言い返さずに、

「わいの周りにおる、どいつもこいつも、味が分からん阿呆ばっかしであかんわ。どないやて聞いても美味いとしか言いよらん。どない美味いかとか、ここがもう一つとか言える奴はおらへんのや」と大きな溜息をついた。

（竜次さんは、わたしの舌を頼りにしてはるんやないか）

さくらは口元がゆるむのを感じた。

佐野槌屋に戻ったら料理させてもらえるかもしれないとの期待が、夏空に広がる、活きのいい入道雲のようにむくむく膨らんでいった。

竜次は大根を一つ、口に入れて噛みながら、顎に手を当てて思案顔になった。

「確かにほんのちょびっと塩辛いかもしれん。京料理は薄味やさかいな。京の出の佐川

はんには食わせられんわ。これは御内所に来よった客の茶請けに出したろ」

残りの大根の青海苔和えを包み直して、油紙の中にきっちり仕舞い込んだ。

「ところで見世の様子はどうなんですか」

「そのこっちゃけどな。小菊のおかげで、えらい騒動になってん」

竜次は急に眉根を寄せた。

「いったいどうしたのですか」

さくらは竜次のほうへ一歩、歩み寄った。

「小菊のあほんだらが、佐川はんは、刻限を約して相対死（心中）しよとしたけど、相手だけ死なせてしもて、そのせいで気鬱の病になったんやて、根も葉もない噂を撒き散らしよってな。小菊と違《ちご》て佐川はんに間夫《まぶ》なんかおらへんし、誰ぞ、それらしい男が自死したっちゅう話も聞かへんのに」

「ひどい。心中っていえば重い罪に問われるじゃないですか」

「それを聞きつけて、面番所に詰めてた塚本左門っちゅう、隠密廻り同心が、うちの見世まで出張ってきよったんや」

（力也にちょっかい出したっちゅう同心や）

さくらは思わず顔をしかめた。

「塚本はわるやさかい、どないに難癖つけよるか分からん。親父が塚本に袖の下をたんまり渡して、お引き取り願うたんや。ほんま、小菊のぼけなすのおかげでえらいこっちゃってん」

「勝手に想像したことを言いふらすなんて、わたしがその場にいたら、ただじゃおかないです」

拳を握ってぐっと突き出してみせた。

「お〜、こわ、こわ」

竜次は大仰に後ろへ跳び退いた。

「そないに怖い女子やさかいに行き遅れてしもたんやど」

憎まれ口を叩くと、鯔背な動きですっと尻っ端折りした。

「ほなら、わいの城が気になるよってに帰るわ。佐川はん、あんじょう看たってな」

後ろ姿を見送りながら、心配しすぎな竜次がおかしくなった。何だかんだ言って、竜次は佐川にほの字なのだ。

さくらは前垂れについた小さな枯れ葉を叩いて落とした。

「さくら姉さま、夕餉は、なあに」

はつねが、庭下駄の音をからころ響かせながら、敷石伝いに駆け寄ってきた。

「さてと、今日は何を作ろうかな」

寮なら、大っぴらに料理ができるだけでなく、食材をいくらでも使えた。

「佐川さん、今日こそ、ちゃんと食べて欲しいな」

佐川は毎日、朝から酒ばかり喉に流し込んでいた。これでは良くなるはずもない。

「少し食べただけでも精がつく物がいいんだけどな」

思案しながら、はつねと連れ立って寮の台所に戻った。

「そうだ。利休玉子にしよう。おかずというより酒の肴になるから」

名案を思いついたさくらは、勇んで支度に取りかかった。利休玉子は、炒った白胡麻をよくすって、酒、醤油、ほぐした玉子を加えた蒸し物で、『卵百珍』の名で親しまれている『万宝料理秘密箱』という料理の本にも記されていた。

「そろそろ蒸し上がったかな」

木製の四角い蒸籠《せいろ》から湯気がほわほわと立ち上る。玉子と胡麻が醸し出す甘く香ばしい香りが心をわくわくさせた。蒸籠の蓋を取って、熱々になった鉢を布巾ではさみ、慎重に取り出した。笹の葉を敷いた素焼きの煮物鉢に、切り分けた利休玉子を見栄え良く盛りつけてから、残った利休玉子を別の皿に盛った。

「うわあ、美味えや」

一欠片つまみ食いしたはつねが頓狂な声を上げた。さくらも切れ端を味見してみた。

「胡麻の濃厚な風味を玉子がしっとりとまとめてて、上出来よね」

我ながら満足できる品の良い味に仕上がっていた。

続いて、皆の夕餉のための煮染めや味噌汁に取りかかった。寮に住み込みで働いている女中も手伝ってくれる。良い匂いに誘われて、袖浦とつるじも台所にやってきた。

自分で佐川に届けたくなったさくらは、台所の板の間に膳を用意した後、利休玉子が入った煮物鉢と燗をした酒だけ盆に載せて佐川のいる座敷に向かった。

控えの間の襖を開けて佐川の座敷に入ると、ぷんと甘酸っぱい酒の匂いがした。

所在なげに火鉢の灰を火箸で突《つつ》いていた、振袖新造の千歳が、顔を上げてにっこりと笑った。十七歳でまだ幼さが残るものの、千歳はときおりはっとするような大人の顔を見せた。美形ぶりと賢さから、独り立ちすれば、佐川のように、呼出し昼三と呼ばれる最高位の花魁になるだろうと言われている。

佐川は、ぼんやりと布団にもたれかかって、さくらに目もくれなかった。悩みが深いにしても、さくらに八つ当たりするのはおかしいではないか。

「佐川さん、日差しもまだあります。日が落ちるまで外の気を入れましょう」

佐川の返事を聞かず、濡れ縁に面した障子をさらりと開けた。燕がそろそろ、軒先や瓦の下に巣を作り始める頃である。よく手入れされた庭はまだ冬の色を残していたが、遠景に広がる田畑には菜の花の黄色い絨毯が広がっていた。そよ風が春の嬉しさを運んでくる。

佐川の横顔は、この数日のうちにさらに頬がこけて研ぎ澄まされていた。

（ここはおせっかいの虫の出番や。とにかく、ちょっとでもようけ食べてもろて、ほんで今日こそ口をきいてもらお）

一つ息を吸い込んでから、千歳に向かって、

「わたしがお酌するから、台所に行って皆で一緒に夕餉をとっていいよ」と声をかけた。

さくらの言葉に、佐川の頬がぴくりと動いた。

「姉さま、構わねえか」

千歳は、利発そうな目を輝かせながら佐川の顔を見た。ほんのわずかの間を置いて、

「よろしおすえ。行ってきよし」

佐川は、はんなりした京都訛りで答えた。低くかすれた声だった。

「あい、あい」

千歳は嬉しげに、濡れ縁から台所へと走るようにして去っていった。

さくらは佐川の部屋の内を見渡した。部屋の中をじっくり眺めるのは初めてだった。

客を迎えるわけではないから、豪華な調度がないのは当たり前だったが、いつも向かっていた書見台も文机もなかった。これ見よがしに積み上げられていた、難しそうな書物もない。

「ゆっくり呑んでください」

利休玉子の鉢は、さりげなく置くだけに止め、燗徳利の酒を、佐川が手にした猪口に注いだ。猪口に焼きつけられた花鳥の細密画が美しい。

佐川はそっぽを向いたままだったが、酌をこばむことはなかった。

黙って淡々とお酌をした。佐川はあくまで、さくらを見ない。

何度目かのお酌をした後だった。佐川が利休玉子に箸をつけ、ほんの小さな欠片を優雅な仕草で口元に運んだ。

(ちゃんと食べてくれはるやろか。美味しいと思わはるやろか)

さくらは固唾を呑んで佐川の横顔を見詰めた。

「美味しおすなあ」

佐川の口からかすれた声がこぼれ出た。かすれてはいたが、灰色ではなくほんのりと色づいた声音だった。

「滋養がありますから、食べていただきたいと思って」

さくらの言葉に、佐川は薄い笑顔を向けてきた。佐川はほんのわずかながらも、心を開こうとしている。さくらの心に灯りがぽうっと灯った。

「香ばしい胡麻の香りと玉子のふんわりした舌触りが、酒によう合いますえ」

佐川はさらにひと口、ふた口、利休玉子を口に運んだ。

「お口に合えば幸いです。ここがどうというところがあれば教えてください」

「そうどすなあ」

佐川はほんのわずか、首をかしげた。

「胡麻の風味が豊かどすさかいに、味つけは控えめのほうがよろしおすかも」

苦言や遠回しの嫌味ではなく、さくらへの励ましに聞こえた。

(まだまだ佐川さんとの勝負は続くっちゅうことやなあ)

思いを新たにしながらも、さらに嬉しくなった。庭から流れ込む風も心地良い。桜の花びらが風に乗ってひらひらと舞った。

「吉原の仲之町に植えられた桜は、さぞや見事なものでしょうね」と言いかけて、さくらは言葉を呑み込んだ。

佐川は何事か物思いにふけるように中空を見詰めていた。誰もが惚れ込まずにはいられない美貌がさらに増して、神々しいまでに感じられた。

何とか力になりたい。さくらは佐川のほうに膝を進めた。

「よほどの悩み事があるんでしょう。良かったら打ち明けてください。実の姉と思って」

さくらの言葉に佐川の眉がぴくりと動いた。小さく唇を震わせた後、

「何もおへん」

開きかけていた佐川の心の戸は、音を立ててぴしゃりと閉じられ、佐川はそれきり押し黙ってしまった。

遠くでかすかに春雷の音がした。

三

箕輪の寮に来てからあっという間に半月余りが経った。木々の新緑が鮮やかになっていく。春が爛熟へと向かう景色の中で、ゆったりと刻が過ぎていった。

（いつになったらもっと心を開いてくれはるんやろ。こないだみたいに、また岩戸に閉じこもってしまはらへんか、いっつも心配せなあかんからかなわんわ）

とはいえ、薄紙をはぐように良い方向に向かっていた。佐川は、相変わらず酒の量が多いものの、食べる量もしだいに増え、頬に血の色が戻り始めた。

夕暮れの台所には、いつものように煮染めの香りが満ちていた。佐川の部屋から、お手玉に興じる袖浦とつるじの笑い声が聞こえてくる。煮染めができあがった後、さくらは、台所に遊びに来ていた千歳とはつねに声をかけた。

「今日は竜次さんが大根を届けてくれたから、酒の肴に焼き大根を作ろうかな。練馬の大根のように丸々としてないけど」

大根を輪切りにして皮をむいた。

「隠し包丁をしっかり入れないとね」

胡麻油で大根をじっくりと焼いた。残った大根を千歳がすり下ろす。

「胡麻油の匂いがたまらねえ」

千歳が目を輝かせる。

「焼き色がついて美味そうだあ」

はつねが、よだれをたらしそうな顔で、浅い鍋の中をのぞき込む。

おろし大根と細かく刻んだ分葱、削り鰹を載せた。

「醤油をほんの少しかければ出来上がり」

香ばしい香りが食欲をそそった。

「ちょっぴりおすそわけ」

千歳とはつねにも、一切れを半分ずつわけてやった。

「台所にいて得しちまった」「袖浦とつるじにゃ内緒でえ」

千歳とはつねが、きゃっきゃっと笑い合う声を聞きながら、

「じゃあ、持って行ってくるね」

妹女郎たちの手で磨き上げられた廊下を、すり足で佐川の部屋へと向かった。

佐川は濡れ縁に座して猪口を傾けていた。

「もう夕餉の刻限どすかいな」

佐川は、さくらのほうに、ゆるりと顔を向けた。

「飯でえ」「飯だあ」

袖浦とつるじがお手玉を放り出して、台所のほうにぱたぱたと駆けていった。

「袖浦もつるじも、はしたのおす」

佐川は眉根を寄せたが、口元には笑みが浮かんでいた。

「寮へ来て羽を伸ばしているみたい。見世に戻れば子供らしくなんてしていられないのですから」

微笑みかけながら、佐川の傍らに、鉢を載せた盆を置いた。

「焼き大根どすかいな。台屋から取り寄せて、よう食べたものどすけど……」

相変わらず気のない素振りながらも、佐川は箸をつけた。

「色も香りもよろしおすな。台屋の焼き大根とは大違いどすえ。焼き目かて綺麗で、いかにも美味しそうどすし、あっさりさっぱりした大根の風味が、うちの好みどす」

京から来た佐川にとって、あっさり加減が嬉しいらしく、酒もどんどん進んだ。

「醤油のかけ具合はどうでしょうか」

「このくらいでよろしおすえ。江戸の人の舌には、もうちょっと多めがええのかもしれまへんけど」

「ありがとうございます。加減を覚えておいて、また作らせていただきます」

さくらはにっこり笑って礼を返した。

（よっしゃ。今日の勝負は、わたしの勝ちや）

心の内で小躍りした。

「焼き大根ちゅうたら……こまい頃、歳の離れた姉がよう作ってくれた料理どした」

佐川は懐かしげな、だが、悲しげな口調で言った。広い庭から、湿り気を帯びたひんやりした風が吹き込んでくる。

「いつもおおきに。これ、取っといてんか」

佐川は胸元から心づけの包みを優雅な手つきで取り出した。

「それは困ります」

「ようさんやあらへん。これで駄菓子でも買うてんか」

佐川は、さくらの手に無理矢理包みを握らせた。包みは身体のぬくもりを宿していた。

白い花が風にそよぐように、佐川が微かに笑った。

女のさくらが見ても、ぞくりとする美しさだった。竜次がほの字になっても無理はなかった。出自と教養を誇る佐川と武士の出とも思えぬ粗野な竜次が釣り合うとは思えなかったが。

（伊織さまみたいなお方やったら、佐川さんに似合いやろけどなあ）

急に、武田伊織の凛々しい顔を思い出した。

思いがあらぬ方へどんどん膨らんでいく。

（それにつけても、わたしが美形に生まれつかんかったんは残念なことや）

誰にでも覚えられやすい、奇妙な顔立ちを思うと溜息が出た。

（まあ、わたしが傾城《けいせい》の美女でも、伊織さまと一緒になれたわけやないし。この年でいまさら美醜はどうでもええこっちゃ。心根が肝心や）

さくらは開き直ることにした。障子を閉めて行灯に灯を入れた。

座敷の内は静かだった。台所から妹女郎たちの笑い声が響いてくる。行灯の芯が、じじじと音を立てた。

酒に強い佐川が、その夜はいつになく酔ってしまった。

ふらふらと立ち上がったときだった。乱れた胸元から書状が落ちた。はずみで、折りたたまれた書き付けの末尾が、はらりと開く。さくらの目に、記された文字が飛び込んできた。

『中斎内　ゆう』という差し出し人の名前だった。

中斎は、大坂で乱を起こして鎮圧された大塩平八郎の号で、ゆうは、伊織が幼い頃、可愛がってもらった側妻の名だった。

「中斎って……大塩平八郎さまの号ですよね」

さくらの問いかけに、佐川は観念したように話し出した。

「中斎先生が……決起しはったときの檄文の写しを、姉が送ってくれたんや。早う処分してしまわなあかんと思いながらも、これだけはどないしても捨て切れんかったんや」

「美味しい焼き大根を作ってくれたお姉さんって……ゆうさんのことだったんですね」

「初めてあんたに声をかけたときのこと覚えてるか。竜次から『新入りの飯炊き女は大坂の天満の出やで』と聞かされたもんやさかいな。ついつい懐かしさのあまり声をかけてしもたものの、どこから嘘がばれんとも限らへん。慌ててつれないふりをしたんや。今まで辛《つろ》う当たって、堪忍やで」

はんなりした京都弁は消えて、大坂弁でまくし立てた。

「うちはなあ、姉の縁で、中斎先生に心酔するようになったんや。うちは女子で何もできひん。我が身を売って軍資金の足しにしよて考えて、高う買うてもらうために、公家の娘やと素性を偽ったんや。島原で太夫やったちゅうのは父《てて》さまが考え出した嘘や」

佐野槌屋に奉公に上がった日、おるいがさくらに告げた内緒話は真実だった。

「うちの決心を聞いた中斎先生は、黙って懐剣をくれはった。ゆう姉さんに聞いたら、中斎先生のお祖母さまが嫁がれた折の品で、大事な形見やったそうや」

さくらは、文机の上にあった、懐剣袋の凝った意匠を思い起こした。

「先生は、崇高な志を持って蜂起しはった。ほんまやったら諸国の心あるもんが呼応して大乱になるはずやったのに……。弟子の密告で発覚してしもた」

佐川は、沈んだ恨めしげな目で言葉を詰まらせた。

「身売りしたことかて無駄になってしもた。中斎先生の教えを奉じるためやったら、苦界に身を沈めても、うちは何ともなかった。先生が世を正さはるのを見よと思て、恥を忍んでここまで生きてきたのに」

　さくらは震える佐川の肩をそっと抱いた。しばらく、二人はそのまま動かずにいた。どのくらいそうしていただろうか、さくらは佐川の滑らかな白い手に、自分の荒れた手をそっとそえた。

「そこまで思えるお方に巡り会われて、佐川さんは幸せだと思います」

　さくらは我が身に置き換えてみた。

（わたしは何もせんかった）

思いを告げたこともなかった。伊織が出奔したと聞かされたときも、すべてを捨てて行方を追ったわけでもなかった。

「わたしには真似できません。佐川さんは強いお人だと思います。その強さを持って生きていけば、きっと、生きていて良かったということに出会えます」

「さくらはんと出会うて良かったわ」

　ぽろりとこぼした佐川の言葉に、さくらは心の通い合いを感じた。

「ふふ、さくらはんのおせっかいが過ぎて、ほんまのこと言うたら、わずらわしいて思たこともあってん。けど、ほんまにうちのこと心配してくれて、頼りになるのはさくらはんしかおらん。それが今になってよう分かったんや」

料理に真心をこめたことは無駄ではなかった。

「佐川さん、さっきの話、わたしは聞かなかったことにします。一味と知られれば、お咎めは必定。これは佐川さんだけの話ではありません。佐川さんの素性を知らなかったにせよ、旦那さんにも累が及びます。出自の秘密は絶対、口外せぬようにしましょう」

佐川の両手を取って念を押すと、佐川は素直にこくりとうなずいた。

翌日は、朝から雨模様だった。

昼餉を終えた頃、佐野槌屋の楼主長兵衛が寮にやってきた。さくらが、お茶を用意した後、起居している納戸で白湯を飲んでいると、

「さくらさん、ここかえ」

杉戸の外から、はつねたちの明るい声が聞こえたかと思うと、妹女郎四人が、どっとなだれ込んできた。

「さくらさん、父《てて》さまは、わっちらが邪魔なんだとよ。ひでえだろ」

つるじが勢い込んでしゃべり出した。

「部屋に誰も近づくなって、ついてきた若い者連中も追い出されたんだ。何だか父さま、怖かったよ。なあ、千歳」

「早えとこ見世に戻るよう、佐川姉さまを脅しに来たんじゃねえか」

袖浦と千歳が、そろって口を尖らせた。

「あ、そこにあるのは何でえ」

はつねが急に甲高い声を上げた。

「そうそう、皆にこの桜餅を食べさせてあげようと思っていたところなの」

さくらは棚の上に置いていた包みを取って広げた。

「昨日、佐川さんから心づけをもらったので、八百政さんに頼んで、買ってきてもらったの」

千歳が台所へ行ってお茶を淹れ、板の間で車座になって皆で桜餅を食べ始めた。つるじが、くるんだ桜の葉ごと、がぶりとかぶりついた。さくらもつるじに倣って葉ごと食べる。塩漬けされた桜の葉は柔らかかった。桜の葉の香りが、春の訪れを告げている。

「八百政さんお勧めのお菓子屋さんなんだけど、すごく美味しいね」

砂糖を混ぜた葛粉を蒸した中に、餡の玉が入っていた。葛の衣がほんのりと甘い。塩漬けの桜の葉の香りと、柔らかな葛の食感、餡の甘さが、口の中で溶け合った。もちもちした口当たりと、餡の優しい甘味に口元がゆるんだ。

「砂糖の量をけちっているな。餡が甘くねえ」

「さほど甘くないほうが、わたしはいいけどな」

「ほんのりした塩気がいいんじゃねえか」

「姉さまも一緒ならもっと良かったのに」

「姉さまは道明寺の桜餅しか食わねえよ。こんな安物、食うかい」

女五人で、わいわい言いながら食べる甘味は格別だった。

桜餅は、あっと言う間に平らげられてしまった。仕上げにお茶を飲み干すと、お茶の渋さが後口をすっきりとさせた。

「あ、これ、さくらさんのかい」

はつねが、納戸の壁の柱に貼られた、一枚の紙を指差した。

「それは、お手伝いさんが大事にしている引札なの。触っちゃだめよ」

今にも引き剝がしそうなはつねを慌てて止めた。簡単に破れそうな薄紙の刷り物には、歌舞伎らしき一場面が描かれていた。

見世物や歌舞伎の興行の前には、墨一色で刷られた引札がたくさん配られ、好評なら色刷りの華麗な錦絵が売り出される。

「歌舞伎じゃなくて、今、奥山で評判の生人形じゃねえか」

千歳が、引札をまじまじと見ながら言った。

「歌舞伎の引札だと思ってたけど、端っこに『風流生人形』って書いてあるね」

「生人形の見世物小屋じゃ、五代目市川海老蔵そっくりの人形に『助六』を演じさせているそうじゃねえか。その引札に違いねえや」

「ほんに〜、海老さま生き写しでありんす〜」

つるじが、胸の前で袖を打ち合わせ、歌舞伎の女形のように大げさな科を作った。

「歌舞伎見物なんてえのは夢のまた夢だからよ。せめて海老さまそっくりの人形なりと、この目で見てみてえもんだよなあ」

はつねが夢見るような眼差しで言った。

「そういえば……、力也が初めて道中の傘持ちを務めたとき、佐川さんと力也を〝生人形のよう〟って言ってる人がいたっけ」

初めて見た花魁道中の、まぶしいまでの光景が、昨日のように瞼に蘇った。

「歌舞伎役者だけじゃなくて名高い花魁も引札に描かれてらあ。佐川姉さまの似顔絵も酒の引札になるって話があったよな。この騒ぎで立ち消えになっちまったけど」

千歳が悔しげに唇を噛んだときだった。

「父《てて》さまがお帰りだ」

雨音に混じって、若い者頭伝吉の野太い声が聞こえてきた。

「あい、あい」

真っ先に禿のはつねが走っていった。とてとてという軽い足音を追っかけるように、さくらら四人も、ぞろぞろ連れだって、寮の出入り口に向かった。

上がり框では、長兵衛が草履を履いているところだった。千歳たちが、傘をさしかけたり、羽織の袖が濡れぬよう持ち上げたり、まめまめしく世話をする。

雨がやみ、煙って見えなかった庭木の影もくっきりとしてきた。

「さくら、おまえさんにも世話をかけたが、近々、見世に戻ってもらうからね」

長兵衛が柔和な笑顔を向けてきた。

「え、では……」

「佐川は見世に戻ると言っていますよ」

長兵衛は、いかにも安堵した表情で目尻を下げた。どす黒い顔の中で、目尻の皺がさらに目立った。

「そうでしたか。それは良かったです」

さくらも微笑みながら頭を下げた。

「病平癒のお披露目を派手にやりたいものですが、この時期、ちょうど良い当て込みがなくてね。いやはや困りましたよ」

長兵衛はきれいに剃り上げられた月代に手を当てた。

「吉原が一番、華々しい桜の季節も、あと十日もすれば終わりますしね」

仲之町の通りにずらりと植えられていた桜も、三月末日に引き抜かれて、箕輪の植木屋に戻されることになっていた。

「今年は、佐川がいないので、寂しい〝花見〟でしたよ。去年は、それはもう、見物人で押すな押すなでしたからねえ。夜桜の下で、花魁道中を繰り広げる佐川の姿は、まさにこの世ならぬ夢幻の境地でしたよ。今年は、美少年の力也もいます。どれだけの評判を取るかと、大いに楽しみにしていましたが」

長兵衛は雨の止んだ中空に目を向けた。

（そうや）

さくらの心に、ふと、先ほどの〝生人形〟という言葉が浮かんだ。

「生人形の見世物小屋で、佐川さんの人形を飾ってもらえないでしょうか。ああいう興行は、今、流行りの人を取り上げる当代性が大事というじゃないですか」

さくらの言葉に、長兵衛がぽんと手を打った。

「それはいい。生人形は、大変な評判を呼んでいますからね。さっそく『を』組の辰五郎親分に頼んで、人形師の松本亀八さんに繋ぎを取ってもらいますよ。さくらはなかなか頼りになりますなあ。大手柄ってものですよ。先だっての喧嘩の仲裁の機転といい、佐川の世話をしたまめやかさといい、さくらが男なら、今すぐにでも番頭に取り立てて、ゆくゆくはおるいの婿にしたいところですよ」

童のように頬をほころばせる長兵衛の顔を横目で見ながら、

(を組言うたら……)

力也を追い出そうと押しかけてきて、誇らしげに、を組の梯子持ちだと名乗った段六の、破落戸のような顔が頭をよぎった。

(辰五郎親分は、段六の親分なんやさかい、さらに強面《こわもて》なんやろな。関わり合いにならんほうがええんとちゃうやろか)

『と』『ち』『り』『ぬ』『る』『を』の六つの組からなる十番組全体を牛耳って、浅草寺周辺の遊興地を差配している大親分、辰五郎の顔を想像すると、急に胸がざわついてきた。

「あ、あの……ただの思いつきで、上手く行くかどうか分かりませんよ」

言い添えたが、長兵衛は、さくらの言葉などもう聞いていなかった。

「さあさあ、忙しくなりましたよ。この佐野槌屋の興亡がかかっています。見世を傾かせちゃあ、わたしを見込んでくださった先代へのご恩を仇で返すことになりますからね。

どうあっても、わたしの代で見世をもっと大きくしたいんですよ」

長兵衛は自分に言い聞かせるようにつぶやきながら、さっさと駕籠に乗り込む。

駕籠かきのかけ声も軽やかに、雨粒の簾の向こうに消えていった。

夕刻になった。佐川はさくらの作った料理を肴に、ゆっくりと酒を呑んでいる。妹女郎たちは、交代で台所にやってきて夕餉をとった。

(こないな暮らしかて、もうすぐ終わりやなあ)

さくらは、昨日と同じ焼き大根を作り、二人分を盆に載せて佐川の部屋へと向かった。

今宵はさらに一工夫。

「一味唐辛子をかけて出来上がりです」

佐川は辛い物が好みなので多目にかけた。唐辛子の赤が目に鮮やかで、食欲をそそる。焼き大根を口にする佐川の口元から、白木蓮《はくもくれん》の花びらのような笑みがこぼれた。袖浦が、佐川の顔をじっと見詰めている。

「袖浦ちゃん、台所へ行って皆と一緒に食べてきて。唐辛子は、辛くなるからかけないほうがいいよ」

さくらの言葉に、袖浦は、いそいそと台所へ向かった。

「あの子らが、のびのびできるのも、あと少しやな」

佐川はふふと笑った。

「今日は、わたしもここでご一緒させていただきます」

さくらは辛い物に弱いので一味唐辛子を控えめにした。熱々の焼き大根の熱で、おろし大根の匂いが香り立つ。あっさりとした風味に、いくらでも食べられそうだった。

「ほんまに、ゆう姉ちゃんの焼き大根を食べてるみたいや。うちがいよいよ江戸に下るっちゅう、別れの日に食べさせてくれたんもこの味やった」

佐川の切れ長な目尻から、涙がひと筋つうっと流れた。

開いた障子から、夜の風が吹き込んでくる。佐川は目を細め、襟元を直しながら、すっと立ち上がった。打ちかけの裾を引きずる、しゅるしゅるという音も優雅に、磨き上げられた廊下に歩み出た。

「うちは皆忘れて生き直すつもりや。早いこと、吉原を出よと思てるさかい、せいぜいお務めに精進するわ」

佐川の瞳は強い光を放っていた。

四

長兵衛が訪れた翌朝、寮に絵師がやってきたが、佐川の似顔絵を描き終えると、あっと言う間に引き上げていった。

（どないな絵を描かはるのか、見たかったのに）

伊織は絵が得意だった。伊織なら佐川をどう描いただろう。

裏木戸からそそくさ出ていく絵師の、大柄な後ろ姿を見ながら、さくらは、ひどく残念に思った。絵師はがっしりした体つきで、まだ若そうだった。

数日経った昼下がり、さくらは笊を片手に寮の裏庭に出た。放し飼いにされている鶏たちが、首を振りながら、白い、小さな花をつけたはこべを、せっせとついばんでいる。

「悪いけど、卵を分けてちょうだいね」

雌鳥たちに声をかけながら、鶏の卵を集めていたときだった。

「さくら、ここにおったんかいや」

竜次がひょっこり姿を現した。手には風呂敷包みを持っている。騒々しい男の闖入に、鶏たちはたちまち散っていった。

「これ見てみんかい」

竜次は懐にしまい込んでいた引札を取り出して、さくらの鼻先に、ばっと広げた。

「ええっ。この若衆、力也そっくりじゃないですか」

引札には花魁と若衆が描かれ、情をこめた目で見詰め合っていた。よほど腕のある絵師らしく、佐川も力也もまるで生き写しである。

「佐川はんと傘持ちの力也とのかなわぬ恋路っちゅう、悲恋の物語仕立てや。今日から市中に出回るようになったんやけんど、ものごっつい評判やで。佐川はんが戻るのに弾みがついて、けっこうなこっちゃがな」

竜次は我が事のように満面の笑みだった。

絵の中の二人は、今にも動き出しそうな出来映えである。切ないため息まで聞こえてきそうで、春画でもないのに、見る者に劣情を起こさせる艶っぽい絵だった。うぶで純な力也が、この絵を見て、果たしてどう思うだろうか。先日やってきた、後ろ姿だけしか知らぬ若い絵師に、さくらは腹立ちを覚えた。

「佐川さんと力也は何の関係もあらへんのに。根も葉もない嘘を描いてからに。何でこないな絵になったんですか」

思わず大坂弁が出た。

「見た者《もん》が、ほんまかいや、と気を引かれるのが、ええんや。大嘘、上等や」

竜次はくったくなく、かかかと笑った。

「けど、佐川さんのお客さまはどう思われるのでしょう。力也に夢中で他の男は眼中にないと承知で、大枚はたいて遊びに来られるでしょうか」

竜次に八つ当たりしたくなって、口をとがらせながら尋ねた。

「客は、ええ歳こいたおっさんやら爺ぃばっかしやさかいな。若造に負けるかい、てなもんや。しかもやで、見世のもんと女郎との恋路は御法度や。佐川の目を覚ましたる、財力と大人の男の良さで佐川の心を虜にしたろて張り合いよるわけや」

「そんなもんですかね」

さくらは頬に手をやりながら首をひねった。

「吉原での男女の仲は嘘ばっかしや。恋路も粋に、あくまで遊び事。佐川はんの客ちゅうたら、どこぞの国のお留守居役、お大名のご隠居、大店の主みたいな、銭がぎょうさんあって身分やら地位やらあるもんばっかしや。恋の駆け引きそのものが浮世離れした遊びなんやで」

竜次は、大げさな身振り手振りを交えながら、とくとくと語った。

「吉原でのすべてが仮初め。大人の男はそれを承知で〝一夜の妻〟を求めに来るというわけですか」

「そや、そや。よう言うた。わいが言おうと思《おも》てたんは、そないなこっちゃ」

竜次は、うんうんと大きくうなずいた。雌鶏が、のんびりと庭を歩き回っている。雄鶏が羽を広げて、威嚇するように身を震わせた。

「さてと、せっかく産みたての卵があるんやし『玉子ふわふわ』でも作ったろか」

佐川の復帰がよほど嬉しいらしく、竜次は上機嫌で台所に向かった。

「二人分、作るよってに、よう見とかんかい」

竜次は風呂敷包みを水屋に仕舞うと、きりりと襷をかけた。

「分かりました。作り方を覚えて夕餉の一品にします」

胸をそらせて勢いよく答えたが……

「言うとくけんどな、さくら、寮は見世とちゃうで。見世の台所に戻ったときにも料理させてもらえるて調子こいたら、大間違いやど」

即座に釘を刺されてしまった。

(もうっ。ほんまに腹の立つ男やなあ)

料理に取りかかる竜次の背中を、後ろから刀で斬りかからんばかりの気迫をこめて、きっとにらみつけた。

竜次は、鍋に、鰹節で取った出し汁を煮立ててから、醤油とほんの少しの砂糖で味つけし、溶き玉子を落とし込んでいった。身のこなし、手の動きが流れるようで、一分の隙もない。悔しいが見入ってしまった。

「ほい、できたでえ」

竜次は、泡立った、ふわふわの玉子を朱塗りの椀に入れて手渡してくれた。ふうふう言いながら、ふんわりした玉子を口に入れると、幸せが口中に広がった。

「お菓子みたい。こんなの初めてです」

玉子は固まりもせず、砕けもせずに泡立っていた。

「舌触りがふんわりして楽しいですね」

さくらも作ってみたことがあったが、何度、作ってもここまでふんわりとできず、しかも汁が濁ってしまったものだった。

「ふんわり盛り上げるんが、案外、難しいんや。玉子は、真ん中に入れんと、縁のほうから一気に入れるんや」

竜次は講釈を垂れながら食べ始めた。あっと言う間に椀の中の玉子ふわふわは消え失せてしまい、さくらは食感の余韻を感じながら、白湯をゆっくりと飲み干した。

「そういえば、出鱈目な噂を振りまいた小菊さんは、その後、どうしてますか」

「いけしゃあしゃあとして、十日前から飼い始めた狆を、舐めるみたいに可愛がっとるがな」

竜次は肩をすくめてみせた。

「色客の新八郎さんは、まだ二階を止められてないんですか」

「小菊が商売に精を出してる間は、間夫も黙認ちゅうこっちゃ」

さくらがいない間に、新八郎は客から間夫に格落ちしていた。

「じゃあ、新八郎さんは、お客として見世に揚がれなくなったんですね」

「小菊の客あしらいに難が出てきたら、うちの見世どころか、吉原の大門をくぐれんようにしたらなあかんけどな」

竜次は腕まくりして、にっと白い歯をみせた。

「おるいちゃんは元気ですか。憎まれ口が聞こえないと、清々するものの、なんだか物足りない気がしちゃって」

「おるいは、九郎助稲荷の縁日で買《こ》うた金魚をえらい大事に飼うてるで。さくらが戻ったら見せるんや、それまで死なさんようにするて言うてたわ」

さくらが見世に戻ったら、金魚の世話を肩代わりさせようという魂胆だろうか。

さくらはくすりと笑った。

「金魚を大事にしとるんは、おるいにしては、えらい感心なんやけどな」

竜次は、一度、ごくりと唾を飲み込んでから声を落とした。

「去年の夏、おるいが飼うとった二十日鼠やけんど……。えらい可愛がってたのに、すぐに飽きよってからに、お歯黒溝に投げ捨ててしまいよった。あれには、さすがのわいも驚いたで」

さくらは、吉原の周囲に巡らされた堀の黒く濁った水面と、そこに、ぽかりと浮かんだ真っ白な二十日鼠の死骸を思い浮かべた。

「そんなことがあったんですか」

おるいの暗い一面を聞かされて、身体がこわばった。

一方、竜次は何とも思わないらしい。

「ほなら、この引札、佐川はんに見せてくるわ」

くるりと身をひるがえした竜次は、お重の入った風呂敷包みを手に、佐川の部屋に向かっていった。

「あい、あい」と答える、禿特有の甲高い返事が、奥座敷から聞こえてきた。続いて、竜次の声と、竜次がはつねたちをからかう声と、きゃっきゃっという楽しげな笑い声がした。思わず口の端がゆるむのを感じながら、さくらは薄暗い納戸に戻った。

着物の綿を抜いて袷にする、衣替えの日も過ぎた。冬は彼方に遠ざかり、日増しに暖かさが増して新緑が眩しかった。生人形の見世物小屋では、佐川と力也の人形が披露され、多色刷りの錦絵も飛ぶような売れ行きだという。

　四月一日に佐川が戻ってから、新しい客がどっと増えた。佐川の揚げ代金が倍になった、いや十倍だと噂されていた。たとえ値の張る佐川を呼べなくても、佐野槌屋への登楼を話の種にしようとする客もどっと詰めかける。

　そろそろ朝餉が終わる頃だった。以前ならゆったりとした刻限なのだが、朝餉を終えて風呂に向かう遊女たちの動きも、せかせかしていた。

「目の回るような忙しさで、わいらはええ迷惑や。親父、祝儀でも出せや。お見世大事もええけんど、けちくさいにもほどがあるのぉ」

　竜次の、聞こえよがしなつぶやきも馬耳東風。長兵衛は、どこかのお大名の御用人と話し込んでいた。女房のお勢以も芝居見物や稽古事通いどころではなく、妓楼の女将らしく、長兵衛の脇に座っている。にこやかに愛想笑いしているだけで、何の役にも立っていなかったが。

　さくらが、たくあんにするための大根を、ささらでごしごし、こすり洗いしていると、竜次の罵声が飛んできた。

「さくら、洗い方が雑やで。その裏側、見てみい。もっと、よ〜洗わんかいや」

むっとしたさくらが、今から裏を洗うところだったんですと言い返す間もなく、竜次が、卵を入れた籠を手についっと近寄ってきた。さくらが髪に差していた簪を素早く抜くと、卵のてっぺんをとんと突いて小さな穴を開け、

「精をつけんかい。忙しいて、ゆっくり飯も食えんさかいな」

穴が開いた卵を手渡してきた。籠に入れていた残りの卵にも次々穴を開け、他の下働きたちにもふるまう。

「こないなふうに、穴んとこから、ちゅるって吸うんやで」

戸惑うさくらの髪に器用な手つきで簪を戻しながら、自分で卵を吸ってみせた。

「は、はい。こうですか」

さくらも恐る恐る吸ってみた。今朝、八百政が持ってきた、産みたての新鮮な卵は嫌味がなく、濃厚だった。

「生玉子に醬油をかける、玉子かけご飯はよく食べましたが、こうやって卵だけ味わうと、いかにも精がつく気がします」

「皆、もう一仕事や。そしたら昼飯にせんかい」

竜次が、台所の者たちに、ねぎらいの言葉をかけたときだった。

おるいと小菊の、泣きわめく声が台所にまで響いてきた。

（これはわたしの出番や）

さくらはすっくと立ち上がった。

「おい、なにも、わざわざさくらが行かんでもええがな。おせっかいはええかげんにしさらせ。台所の仕事をおろそかにするて許さへんど、あほんだら」

竜次が大声でののしる声を聞き流し、さくらは奥に続く廊下に向かった。

騒ぎは中庭で起きていた。おるいと小菊が、庭の隅にある石灯籠の近くで言い争っている。庭を巡る廊下に、次々、人が集まってきた。二階の廻り廊下からも大勢、見下ろしている。おるいは拳を握りしめて、地面に足を踏ん張るように立っていた。

「るい、やっぱり、あんたの仕業だね。このくそ餓鬼ぁ、承知しねえぞ」

寝巻姿の小菊は、何かを大事そうに抱き締めていた。

「悪いかよ。前から、きゃんきゃんうるさく吠えやがるから、気に入らなかったんでえ」

「気に入らねえからって、二階から投げ落とすなんて、この人でなし」

小菊が可愛がっていた狆の福丸を、おるいが二階の廻り廊下から投げ落としたらしかった。

さくらは下駄を履いて庭に下りてみた。石灯籠の笠に生えた苔が、一箇所だけ、はげ落ちていた。投げ落とされた福丸がぶつかった跡だった。跳ねてから落下した白砂の上には血の跡まで残っている。

（福丸は禿に噛みついたことがあったっけ。可愛げのない犬やったけど殺すなんて……）

竜次から聞いた、二十日鼠をお歯黒溝に投げ捨てた一件が頭に浮かび、童だからこその残酷さに背筋が寒くなった。

「おるいちゃん。小菊さんに謝りなさい」

さくらは思わず、ぴしゃりと押さえつけるような言葉を発していた。

「ふ〜ん」

おるいの瞳は、何かに取り憑かれたような、冴え冴えとした光を放っていた。

「謝るもんけえ。福丸が噛みつきやがったのが悪いんでえ」

言い放つや、おるいは庭の枝折り戸を力一杯開け、見世の外に走り出た。かたかたという、大人ものの庭下駄の音が、路地から表通りへと遠ざかっていった。

おるいの手負いの獣のような目だけが心に残った。ひねくれていても童は童と甘く考えていたが、妓楼という異界で育ったおるいは、普通の子供とはまるで違うのではないか。もう一度、懐いてきたとしても、今までのように親しく接することができるかどうか、さくらにも分からなかった。

「るいの野郎、父《てて》さまの子だと思って、いい気になりやがって」

小菊は物の怪でも憑いたように身を震わせ、悪態をつきながら激しく地団駄を踏んだ。

（こないに怒ってる小菊さんて見たことあらへん）呆気に取られていると……。

「みんな、何をしているんです」

長兵衛の落ち着いた声が響いた。眉根を寄せたお勢以の、大福のように白い顔も見えた。

「さあ、行きな」

遣手のおさよが、手をぱんぱんと打ちながら、見世の者たちを追い払った。

長兵衛が泣きわめく小菊の肩をそっと抱いた。お勢以が、ゆったりした動きで近づくと、手拭いで小菊の涙を拭いた。

「さくら、何、見てるんだい。さっさと台所へ戻んな。給金から差っ引くよ」

おさよが、さくらを見咎めて、まなじりを吊り上げた。

「すみません」

言い返すのも面倒になって、恐れ入ったふりで背を丸めながら台所に戻った。

「おるいに関わるんも、ええ加減にせいっちゅうこっちゃな」

　竜次が後ろから声をかけてきた。

「わたしはこれから、おるいちゃんに、どう接したらいいのでしょうね」

「まあ、あんまし考えすぎんこっちゃ。がははは」

　いつもの馬鹿笑いで答えた。

　竜次が、人の気持ちの機微と縁遠い男であることを思い出した途端、笑いが込み上げてきて、少しだけ救われた気になった。

　そうこうするうちに昼見世が始まった。昼餉の後、台所の板の間に座って一人で白湯を飲んでいると、見世の外で、貸本屋の本長と立ち話していた竜次が、大暖簾をくぐって見世の土間に足を踏み入れ、

「さくら、こっちゃ来て見てみ。また来よったで」

　いつもの傍若無人な大声で呼びかけながら、さくらを手招きした。

「来たって、誰がですかあ」

　どうせくだらない話に違いないと、さくらは気のない返事をした。

「まあ、来てみんかい」

　にやにや笑いながら、竜次が台所まで戻ってきた。

　面倒になったさくらは、身体が石臼になったごとく、立ち上がりもしなかった。

「歳いって、腰回りばっかし大きなってからに。そないに尻が重いんかいや」

竜次はさくらの手首をつかんで、無理矢理、立たせようとした。

さくらは思わず、竜次の手をきつく振り払った。

「おぼこ娘やあるまいし、手をつかまれただけで何やいな」

「だって……」

今まで、肉親以外で手が触れ合った男といえば……武田伊織ただ一人だった。

道場を去る日、伊織は、戸口で、さくらの手をそっと取った。

さくらと伊織、ともに十七歳の春のことだった。

「武家の娘の誇りがあります。女子がみだりに男の方と触れ合うものではありませぬ。竜次殿も、そのくらい元武家の身として分かりませぬか」

堅苦しい口調で話をごまかした。

「ま、ええさかいに、門口まで来てみいや、な」

竜次は頓着せず、へらへら笑いながら手招きした。

(ほんまに鈍感な男や。真面目に受け答えしてたら、あほらしなるわ)

さくらは白湯の入った湯飲み茶碗を床に置くと、わざとゆるゆるした足取りで見世先に向かった。

50th ハヤカワ文庫 SINCE 1970

早川書房の新刊案内 2020 4

〒101-0046 東京都千代田区神田多町2-2　電話03-3252-3111

https://www.hayakawa-online.co.jp　● 表示の価格は税別本体価格です。

＊発売日は地域によって変わる場合があります。　＊価格は変更になる場合があります。

(eb) と表記のある作品は電子書籍版も発売。Kindle/楽天 kobo/Reader™ Store ほかにて配信

ニューヨーク・タイムズ・ベストセラー1位！

ディズニーCEOが実践する10の原則

ウォルト・ディズニー・カンパニー会長・前CEO

ロバート・アイガー　関 美和訳

ウォルト・ディズニー・カンパニー会長・前ＣＥＯのロバート・アイガーが、自身の半生とリーダーシップ、成功哲学を語りつくす。ピクサー、マーベル、ルーカスフィルム、21世紀フォックス……総額９兆円に及ぶ買収劇は、いかにして成し遂げられたのか？　一人のビジネスパーソンの覚醒を描いた物語としても無類に面白い、第一級のノンフィクション。

四六判上製　本体2100円［7日発売］ (eb4月)

本書に寄せられた賛辞

「生きる伝説。ＡＢＣテレビの下っ端からディズニーのトップへ。彼と凄腕のパートナー達の奇跡の大成功の数々を追体験し、次はあなたが成功する」
——**柳井　正**（ファーストリテイリング会長兼社長）

「ロバート・アイガーは、96年にわたる革新の歴史に恥じない仕事をしたばかりか、期待をはるかに超えた高みにディズニーというブランドを押し上げた」
——**スティーブン・スピルバーグ**（映画監督）

ハヤカワ文庫の最新刊

50th ハヤカワ文庫 SINCE 1970

●表示の価格は税別本体価格です。
＊価格は変更になる場合があります。
＊発売日は地域によって変わる場合があります。

4
2020

NV1464,1465

マーク・グリーニーが放つ、興奮の冒険アクション大作！

レッド・メタル作戦発動（上・下）

マーク・グリーニー
&H・リプリー・ローリングス四世／伏見威蕃訳

eb4月

レアメタル鉱山の極秘奪回作戦を始動したロシア。世界を揺るがすこの陰謀に、世界各国の精鋭が立ち向かう！ 大型冒険アクション

本体各980円［16日発売］

SF2276

宇宙英雄ローダン・シリーズ614

玩具職人クリオ

エルマー&フランシス／林 啓子訳

シャツェンの洞窟をムータン領へ向かうアトランたち。だが強まるグレイ作用の影響で、ついに仲間の一人が寝返ってしまった……

本体700円［絶賛発売中］

7

宇宙英雄ローダン・シリーズ615

深淵の古い住人で、さまざまな技術機器をつくりだす〝玩具職人〟

SF

ヴルチェク&ツィーグラー／稲田久美訳

て、忘れていた過去をとりもどす
本体７００円［16日発売］

SF2278,2279

全米ベストセラーの破滅パニックＳＦ大作！

七人のイヴ（上・下）

ニール・スティーヴンスン／日暮雅通訳

eb4月

前触れもなく月が七つに分裂した！ ビル・ゲイツが絶賛し、オバマ元大統領が楽しんだ、人類滅亡の危機に挑む近未来宇宙開発ハードＳＦ
本体各１４６０円［絶賛発売中］

SF2280

ドラゴン賞ミリタリイＳＦ部門受賞作

鉄の竜騎兵
新兵選抜試験、開始

リチャード・フォックス／置田房子訳

eb4月

幼少時に異星人との戦闘で両親を失ったローランドは、地球連合軍の中でも最強と謳われる装甲機動兵部隊への入隊を志願するが……

本体９００円［16日発売］

JA1428

本をめぐる高校生たちの青春と秘密の物語

読書嫌いのための図書室案内

青谷真未

eb4月

図書新聞再刊を任された浩二と蛍は、本を通じ、生徒や教師が抱える秘密、そして過去に高校で起きた自殺事件の謎に迫ることになる。

本体７００円［16日発売］

JA1429

『死刑にいたる病』の著者による傑作ミステリ短篇集

死んでもいい

櫛木理宇

eb4月

「ぼくが殺しておけばよかった」同級生が刺殺された事件の取り調べで、そう告白する少年の真意とは――書き下ろしを含む六篇収録
本体７４０円［16日発売］

JA1430

鉄道を愛する著者が留萌本線に捧げる郷愁のミステリ

留《る》萌《もい》本線、最後の事件
トンネルの向こうは真っ白

山本巧次

eb4月

北海道ののどかな大地を走る留萌本線でハイジャックが発生！ 犯人は道議会議員を交渉役に指名し、半端な身代金を要求するが……。

本体７２０円［16日発売］

HM477-1

２０１９年エドガー賞最優秀長篇賞候補作

弁護士ダニエル・ローリンズ

ヴィクター・メソス／関 麻衣子訳

eb4月

飲んだくれのバツイチ美人弁護士ダニエルは薬物売買で告発された知的障害を持つ少年の弁護を引き受けるが、裁判で予想外の事態が
本体１０６０円［絶賛発売中］

〈高校生が選ぶゴンクール賞〉受賞作

内戦が起きて、ぼくらの日常は崩

「あそこや、あの浅葱《あさぎ》裏《うら》、見てみんかい」

竜次は、大暖簾を少しめくり上げて、一人の若侍を指差した。若侍は、格子の前に鈴なりになった素見どもの後ろで、うろうろしていた。

「あのお武家さんがどうしたのですか。珍しくもないじゃないですか」

国許から江戸に出てきた勤番侍は暇人が多かった。門限があって夜は出歩けないから、昼間に江戸見物をすることになる。吉原見物は目の保養とばかりに、連れ立ってぞろぞろやってくる国侍も多かった。

「それがやな。この五日ほど毎日なんや。大暖簾の前で呼び込みしてる三吉が声をかけても、顔を赤《あこ》うして、何にも言わんと行ってまいよる。けんど、しばらくしたら、またやってきよる。何ぞ訳ありやろて思うんや。な、おもろそうやろ」

若侍は、通りの真ん中に置かれた天水桶の陰から、佐野槌屋の中をうかがっていた。二十歳過ぎだろうか。国許から出てきたばかりらしい、いかにも純朴そうな青年だった。この吉原で野暮と無粋の見本として馬鹿にされる〝浅葱裏〟の名の通り、着物の裏が浅葱木綿らしい出で立ちだった。

「何が面白いんです」と、すげなく返すさくらに、

「そない言うなや」

竜次が苦笑しながら何か言いかけたときだった。

「ごめん。主はおるか」

名のある御家の用人といった身なりの、老年の武士が門口に立った。

「へい、へい、いらっしゃいませ」

妓夫台《ぎゆうだい》に座っていた妓夫の三吉が、馬鹿丁寧なお辞儀をした。丸まった背中から、またかと言うつぶやきが聞こえてきそうだった。

「佐川を所望すると山口巴に申しつけても、今は一見《いちげん》の客は受けられぬと一向にらちがあかぬゆえ、こうして参った」

品も教養もありそうな侍の口調には、苦悩と苛立ちが入り交じっていた。気まぐれな殿にせっつかれても、引手茶屋では色好い返事がもらえず、妓楼まで直談判にやってきたのだろう。

「一見かどないかは口実やて、そのくらい分からへんのか。価しだいで、どないでもなるのに」

小馬鹿にした顔の竜次とともに、さくらは見世の内に引っ込んだ。

「侍は頭が固《かと》うてあかん」

竜次は、揚がり口の右手、土間にうずたかく積まれた米俵を拳で突いた。

「〝だんじり命〟て言うわいを、頭の固い父上は分かってくれんかった。家柄がどないしたんや。だんじりに関わったらあかんのかいや」

さくらは、そんなたいそうな御家の出だったのかと、意外に思いながら、後ろ姿をまじまじ見詰めた。

五

「あら。なんだかかぐわしい匂いがすると思ったら……」

下働きたちが引き払った台所で、竜次が豆腐を焼いてくれた。

「ほら、焼けたで、さくら」

台所の板の間で、焼き豆腐にほんの少しの生姜醤油をつけて食べ始めた。

「どないや」

竜次が目を細めながら聞いた。

「香ばしくて美味しいですね。大豆の香りが立っています」

じっくりと遠火であぶったから、両面がこんがりと焼け、しかも中までしっかり火が通っていた。豆腐の濃厚さが、小腹が空いたお腹の中を満たしていく。

「豆腐って、焼くと、こんな味だったんですね」

「まあ、焼き方の上手下手もあるけんど、本長が教えてくれた、千住宿の豆腐屋の豆腐は、こくがあって、なかなかのもんや」

「台所にいる他の人たちにも食べさせてあげれば良かったのに」

「どいつもこいつも、腹が膨れたらええだけの、犬か猿みたいな連中や。まともに話ししてもあほらしいさかい、どやしつけて、こき使《つこ》たるだけや」

「それはあんまりな言い方じゃ……」

さくらが言い終わらぬうちに、

「てえへんでえ」

貸本屋の本長が、息を切らせながら台所に駆け込んできた。大きな風呂敷包みを、どんと上がり口の板の間に置くや、まっすぐに近づいてくる。

「いったいどないしたんや」

「り、力也ちゃんが、浅草奥山で悶着起こして、えらいこってえ」

「え、力也が何か」

さくらは床に皿を置いて、本長のほうに、ついっとにじり寄った。

「詳しゅう言うてみんかい。早《はよ》う」

竜次が、土間に突っ立った本長を見上げて、話の続きを急かせた。

「生人形小屋の繁盛ぶりを見ようと、浅草寺の奥山までちっとばかし寄り道してきたんですよ。そうしたら、小屋の裏手で、力也ちゃんが小屋の人たちともめてましてね。あっしが止めに入ったんですが、とても収まるもんじゃねえ。騒ぎが大きくなりゃあ、浅草一帯の興行を仕切る、あの辰五郎親分が黙っちゃあいませんよ。を組の子分どもが大勢、駆けつけてきやす。鳶人足どもは何しやがるか分からねえ乱暴な連中でしょ。特に、梯子持ちの段六は、近頃、親分を差し置いて暴れたい放題って聞きやす。こりゃあ、大事になりまさあ」

（段六が大勢仲間を引き連れてきたら、力也が危ない）

先日の因縁がある。

「わいが行ってきたる」

機敏な動きで腰を上げた竜次は、襷をしゅるりと外して軽衫《かるさん》を脱ぎ捨てた。

吉原と浅草奥山とは、浅草田圃を通り抜ければ十町ほどしかなかった。走ればすぐに着く。

「じゃ、じゃあ、わたしも……」

立ち上がって前垂れを外しかけたさくらを、竜次が止めた。

「おんどれは無理やで。女やないけ。簡単に、大門の出入り、できんやろが」

遊女の逃亡を防ぐため、女が大門から出るには、月番名主の名を記して印を押した、女通り切手という木札が必要だった。

「そ、そうでした」

さくらは、くずおれるように、ふたたび床に座り込んだ。

「若い者連れて、ちょっくら一走りしてくるわ。親父に、さくらの切手を用意してもらえるよう頼んどいたるさかいに、後でゆっくり来《き》いや」

そう言い残して御内所に向かう、その背中が大きく見えた。

竜次と若い者たちが、ばたばた、通りに駆け出していった後、長兵衛がさくらを手招きした。

「たった今、幸助さんを会所まで走らせました。急いで切手を出してもらうよう言ってありますからね。それから、大門を出た所に駕籠を用意させましたよ」

禿に命じて煙管に煙草を詰めさせながら微笑んだ。

「何から何までありがとうございます」

長兵衛の心遣いが身に染みた。

「さくら、ちょっとこっちに来《き》な」

眉間に皺を寄せた遣手のおさよが、大階段の上から手招きした。

「はい。何でしょうか」

こんなときにまで説教や嫌味を聞かされるのかと、げんなりしながらおさよの部屋に向かうと、おさよは蠅帳《はいちょう》の中から、大事そうに何かを取り出した。

「これを食いねえ」

さくらの顔の前に、竹の皮に入った物を、ぞんざいな手つきで突き出した。

「小菊が裾分けだって、禿に持ってこさせたんでえ。小菊の奴、わっちが甘い物が苦手だと承知でいやがらせしやがる」

包みを開けると、ぼた餅が一つだけ入っていた。

「え、ありがとうございます」

戸惑うさくらに、おさよは、白湯が入った湯飲み茶碗を面倒くさそうに手渡した。

包みの内側には、ぼた餅が、他に二個入っていた跡が残っていた。

「食えったら、食いねえ。それとも、何けえ。腐ってるとでも言うのかえ」

「い、いいえ。いただきます」

ぼた餅の四半分ほどを前歯で嚙み切って味わってみた。名店のぼた餅らしく、たっぷりと砂糖が使われている。餡の甘さが、心を、すーっと落ち着かせていった。

すると、見えないものが見えてきた。

(遣手は遊女を取り締まる役目やけど、元は遊女やさかい、遊女の気持ちがよう分かってる。小菊さんは、おさよさんを親のように慕てるんとちゃうやろか。お彼岸やお祝い事のときくらいしか食べられへん貴重なもんや。いやがらせのためにあげたりするものやあらへん)

おさよは、大喜びで二つ食べた後、残りの一つを大事に仕舞っていたのだ。

「あ〜、ぼた餅がなくなって、せいせいした」

おさよは、さくらの目を見ないまま言った。

「おかげで気持ちが落ち着きました。では身支度をしてきます」

さくらは大階段をとんとんと下りて、他の女奉公人たちとともに起居している八畳の間に戻った。

(やっぱし、武家の娘の矜持として、身につけていこう)

行李の底から懐剣を取り出した。

足元は、普段の下駄ではなく、草鞋《わらじ》で固めた。

四半刻も経たぬ間に女通り切手の木札が手に入った。さくらは大門をくぐって、浅草奥山へと駕籠を急がせた。田の中の道をたどると、田圃ばかりが限りなく続く気がした。

浅草寺が近くなり、軽業の背高小屋が見える辺りまで来た時だった。争うような声が聞こえてきた。人のどよめきもする。四つ手駕籠にかかった筵の垂れを持ち上げて、声のするほうに目を向けると、奥山に接した田圃の中で争う一団が朧気に見えた。悠長に駕籠に乗っているより走るほうが早い。

「止めてください、止めて」

さくらは駕籠かきに頼んで地面に駕籠を下ろさせた。

目を凝らすと、大勢の野次馬が取り巻く中、数人の男が争っていた。女らしく、なよなよ走ってなどおれない。裾を高くからげるや全力で走った。

十間ほど先に、長身の虚無僧の姿が見えた。

「くらいやがれ」

鳶口を手にした大柄な鳶人足が虚無僧に襲いかかった。

虚無僧は鳶人足を尺八で叩きのめした。

肝心の力也や竜次たちの姿が見えない。

「力也はどこ、力也」

周辺を見渡すと、彼方に見える小さな祠の脇に、力也をかばう竜次たちの姿が見えた。

木の棒を握りしめた竜次は、情けないほど腰が引けていた。とても、武芸を心得た者の構えには見えなかった。

「けええっ」

いま一人の鳶人足が刺股で虚無僧に突きかかった。難なく避けた虚無僧は、体をさばくと同時に、尺八で鳶人足の首筋を打った。鳶人足は刺股を握ったまま、田の中にどっと突っ伏した。辺りが急に、しんとなった。

「引き上げろい」

松の木の陰から、聞き覚えのある、段六のだみ声が響いてきた。やはり段六が指図していた。よろよろしながら逃げる者、動けなくなった者に肩を貸しながら退却する者、負け惜しみを言いながら脱兎のごとく走り去る者。鳶人足たちは、あっと言う間にいなくなった。

「力也、怪我はない？」

駆け寄って、田圃のあぜ道に膝をついている力也の肩に手をかけた。

「たいしたことねえよ」

言いながらも、力也は、痛みに顔をしかめた。持参した手拭いで、出血する手の甲を縛った。骨はどこも折れていなかったが、打ち傷が酷い。

「持っていった木刀で、蔦人足ども五人を叩きのめしたまでは良かったんだけど、あぜ道を踏み外して足をくじいちまってよ。袋叩きにされてたところに、虚無僧が現れて助けてくれたんだ。段六は『こんな餓鬼、簀巻きにして大川へ放り込んじまえ』なんて煽ってやがったから、虚無僧が駆けつけてくれなきゃ、今頃はどうなっちまってたか」

「わいが駆けつけたときは、虚無僧が蔦人足ども相手に戦うてる最中やったんや。はは、もうちっと早《は》よ着いてたら、わいもええとこ見せれたんやけどな」

　竜次は、照れ笑いしながら、背中をぼりぼりかいた。

「そうだ、お礼を言わなきゃ……」

　さくらは虚無僧がいた辺りに目を向けた。

「あれっ」

　姿がどこにもなかった。天蓋――顔をすっぽりと覆う、虚無僧特有の編み笠をかぶった男は、忽然と消え失せていた。

　竜次は、野次馬の群れの中をきょろきょろと見渡した。

「地味な身なりでしたよね」

　江戸の虚無僧は、綿を入れて丸くした帯を前で大きく結んでいる。着飾って派手な出で立ちと決まっていた。

「そない言うたら、大坂の虚無僧みたいななりやったで。帯が平らで巻き結びやったわ。大坂から流れてきた旅の虚無僧かもしれんで。それにしても奥ゆかしい奴っちゃな。わいやったら、礼金、ようさん、せしめたるのに」

竜次はいつものごとく、かかかと笑った。

風に乗って、浅草奥山のざわめきが大きく聞こえてくる。さくらは二間ほど離れた場所に突っ立っていた伝吉らに向かってお辞儀をした。

「わしらも、荒い事にゃ慣れっこだが、段六って野郎はいけねえ。殺す気で仕掛けてきやがるもんで、怖くてとても手が出せたもんじゃねえや」

伝吉は決まり悪そうに肩をすぼめた。隣で若い者二人も苦笑いしている。

「本当に危ないところでした」

残された鳶口や刺股を見て、あらためて背筋に冷たいものが走った。

「あの段六ちゅう男は、辰五郎親分も持てあましてる乱暴者や。ほんま、このくらいで済んで良かったわ」

竜次はほっとした顔で言った。腕まくりした左腕が紅く腫れ上がっている。

「その腕……。大丈夫でしょうか。力也のために申し訳ありません」

「わいかて、ほんまにやばいと思《おも》たら、力也をほかして逃げてたさかい、気にせんとって」

竜次は顔をくしゃくしゃにして笑った。

「ほな戻ろか」

竜次の一言で、田圃の中の道をたどって吉原に戻り始めた。さくらが乗ってきた駕籠に、足を痛めている力也を乗せ、さくらは脇をすたすた歩いていく。

「力也、なぜ生人形の小屋などに行ったの」

「本長さんから、どんな生人形だか聞いたんだ。あまりにひでえから、壊してやろうと思ってさ。木刀を持って小屋に押し入ろうとして、もみ合いになったんだ」

「いきなり壊そうなんてのは行きすぎよ。小屋の人が辰五郎親分の所へ加勢を呼びに行くのも当たり前ね」

さくらは溜息をついた。居酒屋丸忠の明け渡しの一件といい、今回の騒動といい、元はと言えば、力也の身勝手や気の短さ、浅はかさが引き起こした災いだった。

「で、小屋に設えられた場面はどういうものだったの」

「そ、それは……」

口ごもる力也の代わりに、竜次が答えた。

「あの引札の通り、花魁と若い者のかなわぬ恋路の末に二人してっちゅう、心中物仕立ての物語になってるんや。心中物はもちろん御法度やさかいに、そないな場面はあらへんし、口上の弁かて心中を匂わせるだけやけどな」

小菊のでたらめのおかげで、佐川が心中しようとしたという噂が市中に広まっていたから、悪い噂を逆手に取って評判を取ろうとしたのだ。

「それで、いったいどういう場面になっているのですか」

「濡れ場や。今生の別れに、人目を忍んで、暗い行灯部屋でしっぽりっちゅう場面や」

「まあ」

頬がかっと熱くなり、さくらは思わず口に手を当てた。

「客集めのためやったら、下世話上等っちゅうわけや。世にもまれな美童に惚れてしもた希代の花魁が、その美童と半裸でむつみ合うてる人形やそうや。二人のきわどい部分まで見えそうで見えないように、いやいや遠眼鏡を銭四文で借りたら見えるようになっとる。あくまで本長の話やけどな」

「それはひどい。殴り込んでしまった力也の気持ちだってよく分かります」

力也の純な心を汚されたと思えば、怒りに震えてきた。今すぐにでも小屋まで文句を言いにいきたくなった。

しばらく押し黙ったまま、田の中の道を歩いた。畑の菜の花は枯れて実を結び、これから種を絞って菜種油を取るばかりだった。

「ねえ、竜次さん、これからどうなるのでしょう。佐野槌屋が辰五郎一家にいやがらせをされるなんてことはないでしょうか」

「大勢やってきて尻尾を巻いて逃げたんや。男伊達を売りにしとる連中にしたら、えらい恥ずかしいこっちゃで。腹の内は収まらんでもなかったことにしたいやろな」

竜次のお気楽な見通しに、さくらは苦笑した。

(けど、竜次さんの言うことにも一理ある)

事を荒立てて、双方、得はないと、さくらは思い直した。

力也は、二日後には、佐川の傘持ちを務めるまでに回復したものの、口数が減って食も細くなった。こうなっては、さくらのおせっかいの虫が黙っていない。

(よし。人形がどないにいやらしいもんか、確かめてきたろ。人形の向きを変えるとか、むき出しになった秘所を隠してもらうとかしたる)

さくらは、女通り切手の木札をもらって、鼻息も荒く、浅草奥山まで出向いた。

生人形の小屋の前まで来た。数知れぬ老若男女が小屋の前でひしめき合って長蛇の列を作り、木戸番の呼び声も聞こえないほどだった。

すぐまた吉原に戻らねばならないさくらは悠長に並んでなどいられない。

（力也の人形は一番、奥と聞いてるし、出口に回ったら幕の間から見えへんやろか）

小屋の裏側に向かってみたものの……

大勢の客が、出口から、ところてんのように次々、押し出されてくる。人の波で、中を覗くどころではなかった。

なかばあきらめながら、出口の少し横手に回った。

小屋の真裏は、先ほどの喧噪が嘘のように閑散としていた。小屋の陰になっているため日差しがなく、薄暗い。楽屋口には床几が置かれて、貧相な男が煙草をふかしていた。

煙草を吸い終えた男は、大きな伸びをしてから腕をぐるぐると回した。

「さてと、早く戻らねえと、師匠に叱られらあ」

背を丸めた男は、ぶつぶつつぶやきながら、楽屋に戻っていった。

「若先生、一服ですかい。ご苦労様です」

楽屋口にかけられた薦《こも》の向こうで、先ほどの男の声がして、入れ替わりに別の男が姿を現した。

「え」

さくらは楽屋口から出てきた男の横顔を見て絶句した。

(そんなあほな)

心臓が跳ね上がる。

男は武田伊織と瓜二つだった。

これは夢ではないか。目をこらして、男の姿をじっと見詰めた。

どう見ても根っからの職人に見えた。髪の結い方、背中を曲げた所作も、いつも背筋をしゃんと伸ばしすぎるほど伸ばしていた伊織とは縁遠かった。だが……。

男がこちらのほうを向いた。

(やっぱし伊織さまや)

職人に身を落としていても、伊織の美貌はいまだに衰えていなかった。いや、むしろ渋みが増して、好い男になっている。

懐かしさに駆け寄りたくなった。

(あかん)

踏みだしそうになった足を止めた。袖を口の辺りにやって顔をそむける。

伊織は三年前より生き生きして見えた。それに比べて、さくらの今の姿はどうだろう。

何者にもなれていない。生き生きどころか、いたずらに年齢を重ねただけだ。

(情けない、恥ずかしい)

貧相なお仕着せの着物を着た、薄汚い年増女の姿を、伊織だけには見て欲しくなかった。江戸に出てくるときには、伊織と巡り会えればどんなに嬉しいだろうと思っていたが、いざとなれば、我が身の情けなさばかりが募った。

さくらは逃げるようにその場を立ち去った。

辺りは暗かった上に、さくらは、わずかな日の光を背にして立っていた。おまけに、すっかり変わってしまっている。伊織に気づかれなかったことが幸いだった。

(伊織さまはお元気やった)

それだけで、白湯でも飲んだように、胸の奥が熱くなった。

第三話　やすらぎのつと豆腐

一

「はあ……」

もう二度と会えないと思っていた武田伊織がすぐ近くにいる。心が浮き立つものの、名乗れない今の自分がもどかしく、ため息ばかりが出た。

（もう一度、伊織さまにあの『つと豆腐』を食べてもらいたいな）

平山桜子と武田伊織、二人が十七歳になって間もなくの春の日だった。

養子にいくことが決まって、別れの挨拶に来た伊織にふるまったのが、好物だったつと豆腐。

伊織は、箸を置いて、小さく、ごちそうさまでしたとだけ言って、他人行儀に深々と頭を垂れた。姉弟のように育った二人は、その日以来、親しく話すことさえはばかられる間柄になってしまった。

あの日のつと豆腐は、おいしかったのだろうか。もう一度、『美味しい』と言って欲しい。

だが、そんな機会は訪れそうもなかった。

生人形の一座は、浅草奥山での興行が終わればどこかへ旅立ってしまって、いつまた巡り会えるかわからない。焦る心を、さくらは懸命になだめた。

「おい、漬け物くらい、いっぺん、おんどれに任せてみよかいの」

台所の仕事が終わる頃になって、竜次がぼそりとつぶやいた。

「えっ、本当ですか」

さくらは思わず腰を浮かせた。

「嘘言うて、どないするねんな」

竜次は、白い歯を見せてにかっと笑ったかと思うと、

「喜ぶのはまだ早いで～。しくじったら、もう金輪際、料理、させへんからな」

目をぎょろつかせながら、意地悪く言い添えた。

「分かりました。じゃあ……」

さくらは季節をほんの少し先取りした新生姜で味噌漬けを仕込むことにした。

「美味しく漬かりますように」
桶に向かって両手を合わせた。
涼しい場所に置いて、二日間、味をなじませれば食べ頃だった。

　これを食べさせてあげたいな。ふいに、おるいの顔が目の前に浮かんだ。うるさいほど、まとわりついてきた、おるいだったが、狆の福丸殺しの一件以来、さくらの前に姿を見せなくなっていた。

（あのとき、どない言えば良かったんやろ）

　口の中に砂が入ったような気がしたが、かぶりを振って気持ちを引き戻した。
野菜を洗った水で表の通りに打ち水をしようと、人通りの多い見世先に出た。

（あ、また来てはる）

例の若侍が、悲壮な顔つきで、通りの向こう側に立っていた。

「ようし」

　おせっかいの虫が鳴き始めた。急いで台所に戻ると、湯飲み茶碗に白湯を入れた。水屋の戸棚の中に仕舞われていた『あられ豆腐』を、少々ちょうだいして、懐紙を敷いた盆に載せると、急いで通りに出た。あられ豆腐は、長兵衛を訪ねてきた客のために、竜次が作り置きしているお茶請けだった。

「お侍さま〜」

相手に身構えられぬよう、何気ない口調で呼びかけた。

「う、うむ。そなたは……」

若侍は慌ててきびすを返そうとしたが、さくらの好意に満ちた笑顔を見て足を止めた。

さくらは背筋をしゃんと伸ばしてから、品良く、たおやかにお辞儀をした。

「わたしは、故あって佐野槌屋に奉公致しております、平山桜子と申します」

姓を名乗って武家の出であることを匂わせた。

「拙者は水戸藩江戸屋敷詰めの新藤亘と申す」

新藤も慌てたように頭を下げた。

「毎日のようにうちの様子を御覧になっておられますが、お気に召した女子がおありなのでしょうか」

「その……。水戸より赴任したばかりでな。このような所は初めてで、どうも勝手が悪うていかん。浅葱裏と馬鹿にされるが落ちと思うと、どうもその……」

新藤はしどろもどろになった。

「こちらへおかけになっては、いかがでしょう」

さくらの言葉に、新藤は素直に従い、籬《まがき》と呼ばれる細い格子の前に置かれた床几に腰を下ろした。

「どうぞ、ご遠慮なく」

さくらは白湯と皿に盛ったあられ豆腐を勧めた。

「これは痛み入る。客でもござらぬのに」

新藤は嬉しげに礼を言いながら、白湯を飲み、あられ豆腐を口にした。

さくらも一つ、つまんでみた。あられ豆腐は、豆腐の小さな玉を油で揚げて塩を振ったものだった。豆腐の甘味が詰まっていて、ふんわりと香ばしい。作ってからあまり刻が経っていないので、まだ温かかった。

「四角い豆腐を丸くして、あられに見立てたところが粋でござるな」

「料理番の竜次と申す者が作ったお茶請けですが、お気に召して良かったです」

白湯を飲み終えて盆の上に湯飲み茶碗を置いた新藤は、一つ、咳払いしてから、ためらいがちに問いかけてきた。

「つかぬことを尋ねるが……小菊なる女子がこの見世におるであろう。張見世に出ておらぬところをみると、病であろうか。気がかりでならぬのだ」

新藤の曇りのない瞳が、真っ直ぐ見詰めている。

その純情さと実直さに、さらに肩入れしたくなった。

「確かに小菊はおりますが、位の高い花魁ですので、夜見世しか出ません。いくら毎日、来られても無駄です」

「そ、そうであったか。達者で頑張っておるのなら良かった」

新藤は、驚きと安堵と落胆が入り交じった、何とも言えない顔をした。

「小菊さんの知り合いなのですか」

「幼馴染みでな。どのようにしておるか気になったのだ。そこまで出世致しておったとはめでたい。しかし、そのように高位の花魁ともなれば、それがしのような者では、一目会うことも難しいであろうのう」

新藤は目を瞬かせた。

「夜なら、小菊さんを見られるのですが、藩邸でのお勤めの身では、門が閉まる刻限が早うございますしね」

できることといえば、小菊への文を預かることぐらいだろう。唇に人差し指を押し当てて、あれこれ思いを巡らしたが、なかなか名案が思いつかなかった。

「同じ江戸の空の下というに一目も見られぬとはのう」

新藤が肩を落として、今にも立ち去ろうとしたとき、背後から威勢の良い竜次の声が響いた。

「おっと。みんな聞いてもうたでぇ。この竜次はんが一肌脱いだろやないけ。今すぐにとは言わへんけど、会わしてやれんこともあらへんでぇ」

竜次は、新藤に近寄るや、声を潜めて耳元でささやいた。横に立つさくらにも聞こえるような声の大きさだったが。

「わいが裏口から入れたる。ちょっとの間の逢瀬くらいやったらたやすいこっちゃ」

「そ、そのようなことができるのでござるか。田舎者の浅葱裏と思うて、からこうておるのではないか」

さすがに話がうますぎて、新藤も半信半疑になってきた。

「小菊には新八郎っちゅう色がおるんや。前は客やったんやけど、今は間夫や。そいつは、小菊の手引きで裏口から入ってきよる。客をおろそかにせんうちは親父も見て見ぬふりや。〝間夫は勤めの憂さ晴らし〟言うてな。間夫との逢瀬の楽しみを支えにいやな客も我慢できる、かえって張りになるちゅうてな」

竜次は、新藤を心配させるようなつまらないことまで、べらべらしゃべった。

「小菊に、そのようなけしからん虫がついておるのか」

新藤は、すすきで切ったような細い目を、さらに細めた。

「新八郎は感心せん男や。ま、間夫ちゅうたら、女郎を食い物にするのが習いやけんどな。かかかか」

　竜次が新藤に追い打ちをかけ、新藤は拳を握りしめて、むむむとうなった。

「ちょっと、竜次さん、安請け合いして大丈夫なんですか」

　さくらは竜次の袖を引っ張って小声で尋ねたが、竜次より先に新藤が口を開いた。

「ご厚意はありがたいが、それがしと小菊は、そこまでして会うほど親しい間柄ではござらぬ。事情はよう分かり申したゆえ、これにてごめん」

　きびすを返すや、逃げるように立ち去っていった。

「幼馴染みに会うたら、小菊かて、ちっとは元気が出ると思たんやがなあ」

　新藤の後ろ姿を見送りながら、竜次がぽつりとつぶやいた。

「小菊さんは、福丸が死んでから、ずっと落ち込んでいるんですか」

「いやいや、そうやない。あのときかて、おんどれの玩具をおるいに壊されたさかい、怒ってけつかっただけや。犬ころのことなんぞ、屁とも思とらへんがな」

「じゃあ、なぜ元気がないのですか」

「一昨日、新八郎と何かあったみたいや。あいつが帰った後、ものごっつう青い顔しとった。昨日かて新八郎は来よったけど、その後かてえらい暗い顔しとった。痴話喧嘩はしょっちゅうやけど、今度ばかりは様子がちゃうさかい気になってな」

竜次は地面の小石を蹴った。

「そうだったんですか。忙しさにかまけて、わたしは気がつきませんでした。それにしても、竜次さんは、小菊さんのことを良く思っていないのに優しいんですね」

「あほ言わんかい。わいは自分の城を守りたいだけや。佐野槌屋が繁盛せな困るやろ。何やかや言うても、小菊は佐川に次ぐ見世の看板や。仕事に身が入らんようになるどころか、こないだの佐川みたいに気鬱で休むようにでもなったら、えらいこっちゃがな」

言いながら、さっさと自分の城へ戻っていった。

翌日の昼下がり、さくらは空になった釜を洗っていた。釜にこびりついたこげを竹ささらで、こしこし丹念に磨く。無心に磨くうちに、前日の竜次の話が気になってきた。いけ好かない女とはいえ小菊にも幸せになって欲しい。無事に年季を迎えて欲しい。一肌脱げと、おせっかいの虫が騒ぎ出した。

さくらはぽんと膝を打った。幸い、竜次はまたも留守である。今日は貸本屋の本長と連れ立って、深川の永代寺まで出かけていた。

「さあ、何がいいかな」

小菊の心を解きほぐせる料理を思案し始めた。

（そや、納豆と切り干し大根なら、台所に、ぎょうさん買い置きされてる。ちょっとく

らい減っても分からへんやろ）

小菊の故郷水戸の料理でいこう。『そぼろ納豆』だ。

そぼろ納豆は、納豆に切り干し大根を加えて醬油に漬け込んだ惣菜だった。竜次がいつ戻ってくるか知れないが、これなら手早く作れる。さっそく支度に取りかかった。

（前やったら、こないなとき、おるいちゃんが邪魔しに来たのにな）

もしやと期待したが、おるいの小さな姿は最後まで見えなかった。

（これで大丈夫かな。わたしは大坂もんやから、納豆が苦手なんやけど）

少しだけ箸でつまんで、おっかなびっくりで口に運んでみた。切り干し大根のぽりぽりした歯ごたえが心地良く、納豆独特の臭みや粘りが抑えられていた。

そぼろ納豆をもう一つまみ、口に入れた。

（う〜ん。熱々のご飯に載せて食べても美味しそうやけど、冷えたご飯の上に載せて、お茶漬けにして食べるのも美味しいかもしれん）

あれこれ考えると嬉しくなってきた。

（けど、彩りが地味やなあ）

葱の葉先を少々拝借して小口切りにし、小鉢に移したそぼろ納豆に振りかけると、茶色に緑が映えて見た目が良くなった。

「これでよし」

出来上がったそぼろ納豆を手に、小菊の部屋に向かうと、障子が開いていて、新入りの若い者が、おどおどした手つきで花瓶に花を生けていた。

「そうじゃないよ。もうちっと華やかに活けられないもんかね。ほんとぐずだねえ」

小菊が、奥の部屋との間の敷居の上で立て膝になって指図している。

「何だい。佐川の小間使いが何の用だい」

さくらを見るなり鋭い眼差しでにらんだ。目の下に隈ができ、かなり酔っている。

佐川がこの見世に来るまでお職だった小菊は、さくらが佐川と近しいと見て、なにかと辛く当たってくる。

さくらは部屋のさまを見渡した。小菊の見栄の現れだろう。佐川の部屋に比べても見劣りしない豪華な調度が置かれていた。とはいえ、派手でけばけばしい意匠ばかりだ。

「そぼろ納豆を作ってみたんです。小菊さんは水戸の生まれと聞きました。美味しい納豆を食べ慣れた小菊さんに、味見していただこうと思いまして」

さくらの言葉を聞いて、小菊の目が急に輝き始めた。

「おや、そぼろ納豆だって？　あれは歯応えが命だからね。切り干し大根の戻し具合が決め手なんだよ。水戸じゃ、秋にとれた大豆を納豆にするんだけど、冬の間、飽きずに美味しく食べられるよう、色々、工夫したもんさ」

　故郷を思い出したのだろう。目を細めながら、妓楼の屋根の向こうにわずかに見える、青く澄み渡った空に目をやった。

「入らせていただきますね」

　明るい声で言いながら部屋に入ると、小菊の目の前に盆を置いた。

「どれどれ。不味かったら承知しないよ」

　小菊はさくらを横目でにらみながら、そぼろ納豆に箸をつけかけた。と、思うと、小鉢から箸を離して、左手に持った猪口にちらりと目をやった。

「あい、あい」

　小菊の脇にいた禿が高い声で答えながら、小菊の猪口にとくとくと酒を注いだ。小菊は、酒で喉を湿してから、そぼろ納豆をほんの少しだけ箸でつまんで、じらすようにゆっくりと口に運んだ。

「ふうん。まあまあだね。もうちっと醤油を利かせな」

　言いながらも、大口を開けて、そぼろ納豆を次々、口の中に放り込み始めた。

「精進します。お言葉、ありがとうございます」

　さくらは畳に両手をつかえて大袈裟に頭を下げた。

「そういや、わっちが水戸の生まれだってえこと、誰から聞いたんだい。廓に暮らす女は在所の話なんてしねえもんだ。とっくの昔に忘れちまってるからさ。佐川は箔をつけようってんで、京の生まれなんて吹聴してやがるけど、父さまと組んでの大嘘じゃねえかと、わっちはにらんでるのさ」

小菊は自分の見立てを得意げに披露した。さくらが黙っていると、

「ははん。そうか。竜次から聞いたんだね。あいつは何にでも首を突っ込みやがる、噂好き、詮索好きの、ろくでもねえ野郎さ。若い頃、口の悪さがもとで果たし合いになって、相手を斬って江戸に逃げてきたってえ、とんだ罪人さ。この吉原内だからこそ首がつながってるけど、外に出りゃあ、お縄になる身さあね」

小菊はあることないことをまくし立てた。

だが、段六らとの喧嘩のときの様子から、竜次に人を斬れるような腕はないと分かっている。

(こんなふうに、佐川さんが心中しようとしたていう真っ赤な嘘を吹聴したんやな)

急に、むかっ腹が立ってきたが、何食わぬ顔で肝心の話を切り出した。

「幼馴染みという水戸のお侍さまが来られましてね。それで知ったんですよ」

「え、誰だい」

小菊は首をくいっと突き出し、前のめりになった。

「新藤亘さまと申されました。このたび江戸屋敷詰めになられたとか。小菊さんがこの佐野槌屋で立派になっておられるとお伝えすると、とても喜んでおられました」

「ふうん。亘さまねえ」

小菊は酔いが回って潤んだ目を宙に泳がせた。

「わっちの家のすぐ裏に真正寺ってえ、ぼろ寺があってねえ。亘さまはそこの次男坊に生まれて、八つでお武家さんちに養子に入ったんだ。同い歳で、毎日、寺の境内で遊んだものさ。男勝りだったわっちは、一緒になって走り回ってたんだ。畑を踏み荒らして、くそ坊主、いや、親父さまによく怒られたっけ」

「新藤さまに会われますか」

暑くもないのに、たもとで顔にぱたぱたと風を送った。

「そ、そうさねえ」

小菊は、急に歯切れが悪くなって、大きなため息をついた。

「今すぐ、会う気にはなれねえよ。ちょっと今はねえ」

だらりと身体の力を抜いて襖に寄りかかった。

「何か、悩み事でもあるのですか。新八郎さんと何かあったのですか」

思い切って切り出してみた。

「あんたも地獄耳だね。竜次の奴が告げ口したんだな」

口調がきつくなったが、目は怒っていなかった。故郷の味で心が和んだのだろう。美味い物は心を解きほぐすとはよく言ったものだと嬉しくなった。

「あいつにゃ、驚いちまって、開いた口がふさがらねえのさ」

小菊は、あだな仕草で乱れた髪に手をやった。

「近頃は、見世が繁盛して、わっちの実入りも良くなっただろ。見世に来た小間物屋に勧められると、ついつい気が大きくなって、鼈甲やら象牙やらの櫛や簪、あれこれ高価な品を買っちまうんだ。お代は借金になって年季が長くなるんだけど、稼ぎがこのまま良けりゃ、どうってことないし、昼三の花魁として恥ずかしくないよう着飾らないとねえ」

小菊は、しゃんと背筋を伸ばした。

「で、そこまではいいんだけどさ。その大枚はたいたお宝を新八郎にねだられると、ついつい気前良くやっちまうんだ。あいつが金に困ってるってのはよく分かってるから、めぐんでやってんだ」

小菊の花魁としての意地が〝めぐんでやる〟の一言に込められていた。

「けど、このところ、えらく無心が多くなってさ。他に女ができて入れ込んでるんじゃないかって問い詰めたら、大喧嘩になっちまってね」

そこで小菊は言葉を詰まらせた。

「喧嘩はしょっちゅうだから、それはいいんだ。けど、言葉の弾みで……」

箸を手にして、残っていたそぼろ納豆を口に運んだ。一粒残らず綺麗に平らげてから、さくらのほうに身体を向け、前のめりになった。唇が震えている。

「あいつ、ひでえんだ。福丸を二階から放り投げたのは俺だって白状しやがった。わっちが福丸を可愛がりすぎるから悋気を起こしてやっちまったってよ」

「えっ。それは本当ですか」

さくらの心臓が躍り上がった。頭から血がすーっと引いていった。

「福丸を殺めたのは、おるいちゃんじゃなかったんですか」

小菊に噛みつかんばかりに詰め寄った。

「あんときゃさあ。わっちが決めつけたもんで、おるいも意地になって、放り投げたって言っちまったんだろうよ。あの餓鬼、へそがひん曲がってやがるからさあ」

（大変。おるいちゃんを探して、今すぐ謝らなきゃ）

背中にいやな汗が噴き出してきた。さくらはこの場から早く立ち去りたくなった。

「そんなこんなで新八郎のことがよく分からなくなっちまったんだ。わっちの年季が明けたら所帯を持つって約束してたのによ。福丸を殺しちまうような怖い男たあ、思ってもみなかったんでえ。わっちは頭ん中の糸が絡まっちまったようになってさ。どうすりゃいいのか、てんで、分からねえんだ」

小菊はすがるような目でさくらを見た。小菊がひどく哀れになった。

さくらは浮かせかけた腰を、もう一度、とんと落ち着けた。

「いっそ、新八郎さんとは別れるべきです」

言いかけるのをさえぎるように、小菊は早口で言葉を続けた。

「けどさあ、新八郎だって可哀想な奴なんだ。芳町の陰間茶屋で陰子をやりながら、女形の役者になる修業をずうっと積んできたんだ。で、ちっとは売れた時期もあって、うちの見世に通ってきてね。もちろん役者が妓楼に上がるのは御法度だから、ご贔屓筋のお供ってえ形だったけどさ。あの頃は良かった。けど、舞台から落ちて足の骨を折ったのが、けちのつき始めでよ。良い役がもらえなくなってよう。今のあいつにゃ、わっちしかいねえ。あんなことするなんて許せねえと思うものの、昨日みたいに謝ってこられちゃ、邪険にもできねえんだ」

自分の言葉に酔うような口ぶりで話す小菊に、さくらは戸惑った。

「姉さま、ちょっと」

禿が部屋に入ってきて小菊に耳打ちした。

「おや、そうかい。じゃあ早く行かなきゃ」

さくらなどもう眼中にない様子で、身繕いを始めたかと思うと、いそいそと部屋を出た。廊下を急ぐ、上草履のぱたぱたいう音が、あっと言う間に遠ざかっていった。

（新八郎が来たんやな）

さくらは、後片付けをしてから、小菊の部屋を後にした。

（駄目な男に惹かれるのも女なんやろな）

どろどろの仲になる小菊の心が、まったく分からなかったが、そこまで入れ込める相手がいる小菊が、うらやましい気もした。

さくらは小さな溜息を一つ、ついた。

「さくらのあほんだら、どこ行ってけつかったんじゃ。大事な材料、屁えかましよってからに。漬け物漬けても構へん言うたからて、ええ気になるんやないで」

台所のほうから竜次の怒鳴る大声が響いてきた。

二

おるいを探し回ったものの、その日は、とうとう見つけられずに終わった。

「竜次さん、おるいちゃんに大事な用があるので、探しに行ってきます」

翌日、朝餉が済んで一段落したとき、前かけと襷を外しながら言った。

「おるいがどないしたんや」

竜次は怪訝な顔をした。

「おるいちゃんに謝ろうと思って」

さくらは小菊から聞いた話を、かいつまんで話した。

「ふうん。そうやったんかいな。ほなら、ちょっと、ここで待っとかんかい」

竜次は台所に戻って、何かを手際よく作り始めた。

「おるいを見つけたら、一緒に食いさらさんかい」

葉蘭の葉に包まれた物を二つ、押しつけるように手渡してきた。

「『ふのやき』や。冷めんうちに、おるいを見つけられたらええけんど」

竜次は鼻の下を、長く形の良い指でこすった。

「おおきに」

さくらの口から、思わず大坂弁が出た。

広い妓楼の中を探しても、おるいはみつからなかった。

大暖簾の外に出てみると、禿のはつねが、通りに出した床几に腰をかけて、髪結いに髪を結ってもらっていた。つるじも順番を待って仲良く隣に座っている。二人に声をかけると、はつねが、すぐ目の前にある天水桶を指さした。

「灯台もと暗しってわけか」

裏に回ってみると、おるいが地面に小枝で絵を描いていた。しゃがんでいるので小さな身体がさらに小さく見えた。いきなり謝っても、へそを曲げられるに違いない。どう切り出そうかと迷いながら、何気ない口調で声をかけた。

「おるいちゃん、金魚をまだ見せてもらってなかったね。あの金魚は元気かな」

「さくらが見世に戻ってくるちょっと前に二匹とも死んじまったんだ。だから、庭に埋めて墓を作ったんだ」

おるいは目を伏せたままだったが、さくらの口調に釣られたように素直に答えた。

「そうなんだ」

さくらもおるいの横にしゃがみ込んだ。おるいは小枝で地面をほじくりながら、

「あの日も、金魚の墓に花を供えてたら、福丸が死んでるのを見つけたんだ。二階の廊

下から小菊付きの禿の顔が見えたもんで知らせてやったら、小菊の奴が血相変えて飛んできやがってよう」と独り言のように小さくつぶやいた。

「ごめんね。わたしまで、早とちりしちゃって」

さくらは両手を合わせて、おるいに謝った。

「ふん」

おるいは、ちらりとさくらに目を向けたが、膨れっ面をして、そっぽを向いた。

「竜次さんが作った『ふのやき』なんだけど、一緒に食べないかな」

おるいの鼻先に、葉蘭で包んだ、ふのやきを近づけた。香ばしい香りに、おるいのちんまりとした小鼻が、ひくひくとうごめいた。

おるいは、ふのやきを一つ、引っつかむようにして、さくらの手から奪い取った。

「まだ温かいよ。早く食べよう」

天水桶の後ろで、二人してしゃがみながら、ふのやきを食べ始めた。

「何だこりゃ。美味えや」

「わたしも、こんなお菓子、初めて」

水で溶いた小麦粉を薄く焼いた皮に、刻んだ胡桃、山椒味噌、芥子が巻き込んであった。甘さが感じられるのは、砂糖が入っているからだろう。

「皮が香ばしくて甘くて、美味しいよね」

「うん、うん。もっと竜次に作らせようぜ」

二人はたちまち食べ切って、葉蘭の青々とした大きな葉だけが残った。

「おるいちゃんは、金魚にお墓を作ってやるような優しい子なのにね。わたしったら、話をちゃんと聞かなくて、ほんとごめんね」

さくらの言葉に、おるいの目がうるんで、大粒の涙があふれてきた。

「二十日鼠が死んだときは、お歯黒溝に投げ込んじまったんだ。死んだら、急に、気味悪い物になっちまった気がしたんでよ。けど、後で可哀想なことをしたなって思って、金魚が死んだときは、ちゃんと供養してやることにしたんだ。福丸が死んでからは、福丸のためにも毎朝、経をあげてやってんだ」

自分の目は曇っていた、いい歳して恥ずかしいと、さくらの頬がかっと熱くなった。

「どうせ、誰も信じてくれねえと思ったからよ」

福丸を殺したと嘘をついた、おるいの心のねじれが哀れだった。

「おるいちゃん、ごめん」

さくらはおるいの身体を力一杯、ぎゅうっと抱きしめた。

おるいもさくらにしがみつく。

一瞬の間が空いてから、おるいは、はっとしたように手を放し、

「馬鹿、さくら。何しやがるんでえ」

さくらの腕を振り払って駆け出していった。ぱたぱたと草履の音を響かせて走る足取りは軽やかだった。

さくらが台所へ戻ろうとしたとき……

「しばし、お待ちくだされ」

新藤亘が声をかけてきた。

思い詰めたような眼差しをしている。

「ぜひにも、この文を小菊どのにお渡しくだされ。なるべく早くお願い申す」

結び文を手渡すと、新藤は逃げるように立ち去っていった。

（恋文やろか。けど、急ぎの文って何やろ）

首をかしげながら見世の中に戻ると、さっそく小菊の部屋に向かった。

障子はぴたりと閉められていた。声をかけると、小菊付きの禿が障子を開けて顔をのぞかせたが、困った顔をするばかりで取り次いでくれようとしなかった。新八郎が来ているに違いない。

「小菊さん、急ぎの用なんですけど～」

さくらは控えの間越しに奥の座敷に向かって、大声で呼びかけた。

「うるさいんだよ。急ぎって何の用だい」

しばらく間が空いてから、小菊が奥の座敷の襖を五寸ほど開けた。小菊の肩越しにうかがうと、案の定、大屏風の後ろに人の気配がした。

「小菊さん、新藤亘さまからの文です」

新八郎にもはっきり聞こえるような声で言いながら控えの間に入った。

「そんなもの、わざわざ今、届けなくたっていいだろ。わっちは忙しいんだ」

「でも、急いで読んで欲しいそうですよ」

「ふうん。急ぎって、何だろうねえ」

小菊は首をかしげ、物憂げな仕草で文を受け取った。眉のあたりがぴくりと動く。

「へええ、あの新藤さまがねえ～」

別の男からの文を読み聞かせて、新八郎の気を引くつもりになったのだろう。小菊は、細かく記された文字を、ゆっくりと声に出して読み始めた。

「どれどれ……昨日、見世を出んとする新八郎に出くわし候。小菊をいたわって欲しきこと、一言伝えんとて跡をつけしが、新八郎は『丸屋』なる河岸見世に入り候。その折、新八郎が、出迎えし花又なる女郎に鼈甲の櫛を与えるを見たり。急ぎ、新八郎は小菊にふさわしき男にあらざらんことを伝えんと、この文を記し候」

読み進めるうちに、小菊はわなわなと唇を震わせ始めた。

ちなみに、お歯黒溝添いに並ぶ河岸見世は、吉原の吹きだまりで、最下級の女郎屋ばかりがひしめき合っていた。

「やい、新公。これはどういうこってえ」

小菊は背後の大屏風をいきなり引き倒した。半裸の新八郎の姿が露わになった。小菊の物らしき派手な色目の襦袢をはおり、布団の上に立て膝をしている。

「大いに楽しませてやってんだ。他に女がいたって文句はあるめえ」

新八郎の形の良い眉がつり上がった。整った顔だけにかえって醜悪さが際立つ。

「もっとましな女に手を出すならいざしらず、河岸見世の女郎たあ、見損なった。わっちは痩せても枯れても、この佐野槌屋の昼三の花魁でえ。女郎の格が天と地も違う女と、あんたを分け合うなんて真っ平だね」

「なにを。お職の位から転げ落ちた落ち目の花魁のくせして、言いやがる」

目玉をひん剥いた新八郎は小菊につかみかかった。拳を振り上げて小菊の顔を殴ろうとしたそのとき……

　さくらが新八郎の手首をつかんだ。自分の身体の重みを載せて、ぐいっとひねる。

「あちちち」

　手首の痛みで、新八郎の身体がひねられたほうに回転し、もんどりうって畳に尻餅をついた。

「やろうっ」

　起き上がった新八郎がさくらに殴りかかってきた。拳が迫ってくる。さくらは体さばきでかわして、新八郎の右手首をつかんだ。勢いが流れる方向に導きながら、新八郎自身の力を利用して投げ飛ばす。

「わわっ」

　新八郎の身体が、大きな音とともに床柱に激しくぶつかった。腰の辺りを強く打った新八郎は起き上がれずにうめく。

「何だ」「どうした」

　どやどやと廊下を駆けてくる足音がして、竜次と若い者が部屋に走り込んできた。

「どないなっとんや」

　竜次が、豆鉄砲をくらった鳩のように、丸い目をさらに丸くした。

「わっちに殴りかかったんで、さくらが投げ飛ばしたんだ。ちっとばかし驚いたけどさ。

さすが武家の女は違うもんだね」

小菊はさくらと目を合わせながらにやりと笑った。

「もう、金輪際、この佐野槌屋、いや、大門の内に足を踏み入れさせへんからな」

竜次らは、うめく新八郎をずるずる引きずって、長い廊下を大階段へと向かった。


明くる日の昼下がり、さくらは、竜次の助けを借りて新藤と小菊を会わせた。密会には違いなかったが、事情を知った長兵衛も承知している逢瀬だった。

さくらは密会場所となる布団部屋をあらかじめ掃除しておいた。おるいが手伝うと言ってくれ、二人して埃の積もった部屋をすっきりさせた。

「わたしが漬けた新生姜の味噌漬けを二人にふるまいたいのですが」

台所へ戻ったさくらは、竜次に尋ねてみた。

「さくらが漬けたてちゃんと言うんやったら、出してもええで。あないに不味い味噌漬け、わいが漬けた言うたら、わいの恥になるさかいな」

竜次らしい返事が返ってきた。

(どうやらもう味見済みで、それなりの出来やったて言うてるんやな)

さくらは、ぷふふと笑いそうになるのをこらえながら、桶の中から新生姜を取り出した。よく洗って太めの千切りにしてから、浅めの小鉢に品良く盛った。

「お茶を持ってきました」

お茶と新生姜の味噌漬けを、新藤と小菊に勧めた。

「二日前に八百屋さんが持ってきた新生姜です。時節柄、まだ早いので、どうかと思ったのですが、珍しいと思って」

「さくらが漬けたでありんすか」

小菊が、もったいぶって里言葉で話しながら、新生姜を口にした。小菊がこりこりと小気味良い音を立てて噛み、新藤もゆっくりと味わう。

「柔らかくて、ようできているでありんす」

「すっきりしてさわやかな辛みが、何とも言えず嬉しいです」

二人の頬が同時にゆるんだ。

「生姜は身体を温めて、病を防いでくれるそうでありんす。ねえ、亘さま」

小菊は、少女のような笑みを浮かべながら、新藤と顔を見合わせた。

さくらは部屋の様子を見るともなく見回した。布団部屋なので、ふだん使われていない布団が幾組も積まれていたが、使われた跡はなかった。布団に目をやったさくらに、めざとく気づいた小菊は、小声でささやいた。

「わっちが、もてなすと言っても、これしかないって言ったんだけどね」

恥じらうような笑みを浮かべた。男の扱いに長けた、すれっからしの花魁ではなく、二十一歳という歳相応の、清々しい笑みだった。

「手さえ握らないでありんす」

今度は、遊女の眼差しに戻って、妖艶な科を作り、新藤を横目でにらんだ。

「そう言われてもなあ」

新藤は照れ笑いした。女の気持ちを第一と考え、思いを遂げなかったところが、さくらには好ましく思えた。

口を動かしているうちに、二人は打ち解けた話し方になっていく。

「たまにゃ、実家の真正寺に顔を出すのかい」

「親父もお袋も兄貴も元気だ。畑の隅の柿の木、いまだによく実がなってらあ」

「そう、そう。あの木に登ったわっちが、亘坊に柿の実を投げつけて、泣かしたことがあったっけ」

「ありゃあ、痛かったよ。こぶがなかなか治らなくって、恥ずかしかったな」

「あのとき、わっちをかばって、親父さんにゃ『柿の実が勝手に落ちてきたんだ』って言い張ってくれたんだよな」

いつの間にか、息がかかるほど顔を近づけて、内緒話のように思い出話をしている。

二人を隔てた年月を軽々と飛び越え、幼い頃の二人に戻っていた。

新生姜の味噌漬けを食む音が部屋に響く。さくらは二人の逢瀬を邪魔しないよう黙ってお茶を給仕した。

いよいよ新生姜もお茶も尽きた。新藤はこほんと一つ咳をして、

「見送りはいらぬ。これにて別れよう」

すっと立ち上がった。さくらとともに布団部屋から出ると、新藤自ら、まだ小菊がいる布団部屋の戸を静かに閉めた。磨き上げられた廊下を歩きながら、

「まことにかたじけない。何と礼を申せばよいのやら」

「いえいえ、どういたしまして。小菊さんが新八郎さんのことをふっ切れるきっかけを作ってくださったのですから」

「五年先か六年先かわからぬが、拙者は小菊の年季が明けるまで待とうと思う。あくまで、その折に小菊が応じてくれればの夢物語だがな。小菊が今、それがしを男として好いておるかといえば、決してそうではなかろう」

新藤は歯並びの良い白い歯を見せて笑った。

「今後、ここに来ることはあるまい。文のやりとりのみに止めよう。で……、妻にでき

るならば、武家の身分を捨てても良いと考えておる」

　真摯な眼差しで語る新藤に、

「くれぐれも、ご無理はなさいませぬよう」さくらは丁寧にお辞儀をした。

新藤は、忍び返しがついた塀に設けられた裏木戸を開けて、路地に足を踏み出した。

路地は人気がなく、しんとしていた。

「では、ごめん。なにとぞ小菊のこと、よろしくお頼み申す」

　さくらが見送る中、新藤は、表の通りに出て足早に立ち去っていった。


　そろそろ梅雨が近づく四月半ば。麦の穂が実って風に揺れる麦秋——初夏が訪れた。田畑の水路や小川では、めだかがすいすいと気持ちよさそうに泳いでいる。近頃の竜次は、とみに廓外に出ることが多くなった。

「ちょっと買いつけに行ってくるわ。吉原内の店は競争する相手が少ないもんで、どこもここも品物が良うない上に値が高い。佐野槌屋の台所を預かるわいとしては、何ぞ、安うてめぼしいもんがないか、いつも外へ見にいかんとあかんのや」

　能書きを垂れてから出かける竜次を、大暖簾の外で見送ってから、さくらは台所へと戻った。

「さてと。邪魔な竜次さんもおらんし。何ぞ作ったろ」

はずしていた前垂れをつけて襷をきりりとかけた。

（今日は、久しぶりに、佐川さんのために何か作ったろ）

見世に戻って十日も過ぎた頃から、佐川は、何かに取り憑かれたように、毎日、二人どころか、日によっては三人もの客を迎えるようになった。

（二朱以下の下級の女郎やったら〝廻しをとる〟のもおかしないけど、お職を張ってはる佐川さんがそないな真似するやて、よっぽどの覚悟や）

おかげで食も細くなって、せっかくふっくらしかけていた頬もまたこけてきた。

酒の肴だけでなく、ご飯もちゃんと食べて欲しい。おせっかいの虫も、うんうんと大きくうなずく。

「そうや」

深川で採れた浅蜊のむき身が、台所に届けられていたことを思い出して、さくらはぽんと手を打った。

（そうや。『深川飯』を作ることにしよ）

浅蜊のむき身を笊に取って洗っていると、見張っていたかのように、おるいがやってきた。

「だんだん厚かましい婆ぁになってきやがったな。図に乗るのも大概にしな」

隣にしゃがみこみながら毒舌を吐いた。

「浅蜊飯なんて珍しくもねえ。誰が喜ぶんだ」

おるいの減らず口が、雨降って地固まった今なら可愛く思えた。

浅蜊と長葱を醤油味の出し汁でさっと煮込んだ。白飯にかければ出来上がりだったが、佐川の部屋に持っていく間にご飯と汁がなじみすぎる。おるいにお裾分けする分だけご飯に汁をかけた。

さくらは、ひと口、ふうふう言いながら味見してみた。うま味が詰まった浅蜊を、きゅっという音をさせて噛めば、滋養に満ちた味が口一杯に広がった。

「深川の漁師のまかない飯だけど、この粗野な感じがいいよねえ。汁にしみ出した浅蜊の風味が利いていて美味しいな」

さくらの喉元を見詰めていた、おるいの喉がごくりと大きな音を立てた。

「ちょっと冷めた頃かな。でもまだ熱いから気をつけて食べてね」

ちょこんと座ったおるいの前に、深川飯の入ったご飯茶碗を置いた。

「仕方ねえな。さくらがそんなに頼むなら味見してやらあ」

おるいは、飯にありついた子猫のように、深川飯をがっつき始めた。

「佐川さん、喜んでくれるかな」

つぶやきながら、小鍋と、白飯の入った小ぶりな丼鉢を盆に載せ、とんとんと足取りも軽く、二階に上がった。浅蜊飯は佐川の分しか作っていない。小菊の部屋の前を足早に通りすぎ、廊下の奥、花頭窓で飾られた佐川の部屋に向かった。

佐川の部屋も障子が開け放たれていた。はつねとつるじが、さくらの姿を見て部屋を飛び出してきた。千歳と袖浦が、にっこりと笑顔を向けた。

佐川は本を読んでいた。とはいえ、以前のように小難しい学問の書物ではなく、軽い読み本だった。

「深川の漁師の人たちのまかない飯ですけど、野趣にあふれた物も美味しいかと思って」

さくらの声に、佐川は物憂げに身じろぎして、こちらを向いた。

「食が進まないと聞きました。無理をなさいませんように」

さくらは佐川の前に盆を置くと、白いご飯の上に、まだ熱々の浅蜊の汁をかけた。

浅蜊の磯臭い香りが、部屋の中に、さわやかな潮風のように広がった。

「すんまへんどすなあ」

妹女郎たちがいる。佐川は、いつものようにはんなりした京都訛りで礼を言った。

「あんたら、遊びに行っても構しまへんえ」

佐川の言葉に、千歳と袖浦、はつねとつるじが先を争って部屋から出ていった。

「こないなご飯は、お上品に食べるもんやあらへんさかいに」

妹女郎らがいなくなった途端、佐川は大坂弁に戻ってうふふと笑った。

さっそく、丼鉢を手にして箸を使い始めた。ふうふう言いながら、たっぷりの汁と一緒にご飯をかき込むさまは、いつもの優雅さとは違い、少女のような素の美しさが感じられた。

「美味しい。久しぶりに美味しく食べられたわ。こっちに戻ってからは、台屋からとった仕出し料理ばっかしやったよってに」

浅蜊飯は、たちまちのうちに、米粒一つ残さず平らげられた。

さくらは、人心地ついた様子の佐川のほうに膝を進めた。

「無理は禁物ですよ。断れないお客さまも多いでしょうけど、お客さまを上手くさばくのも、茶屋や妓楼の人たちの務めじゃないですか」

「ええのや。稼げるときに稼ぎたいんや。こないな人気、続くはずあらへん。今のうちに荒稼ぎするんや」

佐川は取りつく島もなかった。

「分かりました。また何か、精がつきそうな料理を作ってきます」

　さくらは食べ終えた器をそっと重ねた。

「うちのこと、そないにまで気にかけてくれて、まるでゆう姉さまみたいや。ほんま、おおきに」

　佐川は、風に揺れる白い花弁のように微笑んだ。

「くどいようですけど、無理をして身体を壊さないでくださいね」

「分かってるがな。心にけじめがついたんや。あんたの言う通り、これからは自分のために生きていくつもりや。そやからこそ、早よ、年季が明けるよう、頑張って稼いでるんや。人気に翳りが出るまでの間、ちょっと無理してるだけや」

　佐川は思いの外、屈託のない笑みを返した。佐川との絆がどんどん深まっていく喜びが、さくらの心を満たした。いつのまにか、血を分けた妹のように思っていた。それだけに、

（佐川さんは、大枚をはたいて雇い入れてくれた、旦那さんへの義理を果たすために、今のうちに稼げるだけ稼ごと、無理を重ねてはるのとちゃうやろか）

　さくらの胸は、ぎゅっと痛くなった。

三

台所に戻って洗い物にいそしんでいると、竜次が近づいてきて、目の前で仁王立ちになった。竜次の口はいつになく、ぎゅっと引き結ばれ、地黒な顔が赤黒く見えた。

「今まで、わいの留守を狙《ねろ》て、ようも、ぎょうさん具材をちょろまかしてくれたのお。さくら、おんどれは調子に乗りすぎなんや。あほんだら」

「えっ」

さくらは腰を浮かした。息がつまる。今までは、怒鳴られるだけで済んだが、とうとう堪忍袋の緒が切れたに違いない。

「ほんまに、ぼけな女や。ぼけなすのあほんだら。もう金輪際、許さへんど」

竜次は歯をむき出して足を踏み鳴らした。見開かれた目が今にも飛び出さんばかりである。竜次との勝負はもうできなくなった。

「謝りますから。もうしませんから、だから、どうか……」

床に座り直して平身低頭しようとしたときだった。

竜次が突然、口元をぐにゃりと歪めた。喉がくっくっと鳩のように鳴ったかと思うと、大きな笑い声がくしゃみのように喉から飛び出した。

「ほんまの、どあほやな、おんどれは。冗談や、冗談やがな。がはははは」

腹を抱えて馬鹿笑いを始めた。

呆気にとられたさくらだったが、次の瞬間、

「えええーっ」と頓狂な声を上げてしまった。御内所にいた長兵衛らまでこちらに目を向け、さくらはあわてて口に手を当てた。

「まだまだの腕やけど、料理が好きなんだけはよう分かった。下働きにしとくのはもったいない。こないだみたいな漬け物だけやのうて、今日から料理もやってみい」

竜次は真顔になって、おごそかな口調で告げた。

「ほ、本当ですか」と念を押さずにいられなかった。

「この前の新生姜の味噌漬けかて、それなりにできとった。江戸の味にしては、ちょっと薄いけどな。あれがええて言うもんもおる」

言うだけ言うと、竜次は下駄を履いて土間に下りていった。

やった。竜次さんに勝った。

眼前に、晴れ渡った青い空が開けた気がした。

料理人になって店を持つという夢に向かって、一歩、踏み出せた。

もう一度、伊織に会って、今度こそ、平山桜子だと名乗ろう。

などと、あれこれ考えていたときだった。御内所で長兵衛と話していた力也が、

「何度、言われたって、謝りになんて行くもんか。悪いのは生人形小屋の連中でぇ」

大声を響かせたと思うと、下駄の音も高く、裏口から出ていった。

御内所に置かれた長火鉢の前で、長兵衛が困り顔で顎の辺りを撫でている。

ここはさくらの出番だった。おせっかいの虫が騒ぐ。さくらは御内所に向かった。

「力也に代わって、わたしが小屋にうかがいます。手土産に料理を作ります。使った材料の価は、わたしの給金から差し引いてください」

「おお、それはいい。おさよに菓子折を持っていかせましたが、亀八師匠はいまだに快く思っていないようなのですよ。佐川の人形を小屋に置くについては、無理を承知で急いでもらったのにと、気に病んでいました。肉親である、さくらが出向くのは良いことだと思います。亀八師匠が機嫌を直してくださるような美味い物を作って届けてください。費用など見世が持ちますよ」

長兵衛は二つ返事で快諾してくれた。

明くる日の昼下がり、何の気兼ねもなく台所を使って、料理を作り始めた。

思いついたのが、思い出深いあの『つと豆腐』。

好きなように料理を作ることができる喜びに、鼻歌が出そうになる。

「あの頑固者の竜次が、さくらみてえな〝ど〟のつく素人に料理を任せるなんて、ずいぶん焼きが回ったな」

おるいが楽しげに、さくらの周りを回って邪魔をする。

潰した豆腐をすり鉢に入れて、甘酒と塩を加えて滑らかになるまですってから、竹簀《たけす》で棒状に巻いて蒸せば出来上がりだった。

「酒飲みにゃ、いいかもな」

おるいが、ちんまりとしていながら、形の良い鼻をひくひくさせた。

「甘酒のほんのりした甘味が心を癒やしてくれるしね」

風呂敷包みを背負ったさくらは、日が傾きかけた吉原田圃を浅草奥山へと急いだ。もしかすると伊織さまもいるかもしれない。裾をからげて駆け出したい気持ちを抑えて、田中の道を一歩一歩、歩く。

身につけている小袖は佐野槌屋のお仕着せではなかった。亡き父があつらえてくれた明るい色目の小紋である。懐剣も身につけていないし、髪は、料理屋の女中が結うような〝割り唐子〟だったが、武家娘らしく背筋をすっと伸ばして歩いた。

奥山一帯は、潮が引いたように人影がまばらになっていた。早々と興行を終えた小屋もある。人気を誇る生人形の小屋も、最後の客を吐き出したところだった。裏口に回って、松本亀八親方を呼び出してもらった。亀八は頬のこけた、いかにも職人といった眼光鋭い男だった。さくらが心をこめてわびても、

「それはまあご丁寧に。こちとらは気にしちゃおりませんよ。若くて純なお方ならお怒りになっても当然。卑しい人形でございますからねえ」とにべもなかった。

自ら卑しい人形と卑下しながらも、亀八の目は誇りに満ちていた。取りつく島もない仏頂面に、さくらは何も言えなくなった。

楽屋口から小屋の者たちが次々に出てきた。そのたびに胸がびくりと躍った。だが、伊織の姿はなかった。

「佐野槌屋さんには、お気遣いなくとお伝えくだせえまし」

亀八は頭を軽く下げて早々に話を切り上げようとした。

小屋の中はしんとして、伊織が出てくる気配はなかった。

(今日は、いはらへんのやな)

小屋の者たちが、亀八に挨拶して帰ろうと、二人の話が終わるのを待っている。居心地がどんどん悪くなっていった。

「わたしが作ったつと豆腐です。よろしければ、小屋の皆さんで食べてください」

さくらは背負ってきた風呂敷包みを下ろして、手近にあった床几の上に置いた。

「いや、いや、これはいただけやせん」

亀八は渋い顔で風呂敷包みに目をやった。

(腹を立ててはるのはわかるけど、手土産くらい受け取ってくれてもええやんか)

亀八のかたくなさにさくらはだんだん腹が立ってきた。

「そうおっしゃらず」

風呂敷を解いて、大きな重箱を亀八のほうにずいと押しやった。その拍子に、美味しそうな酒粕の匂いが、辺りいっぱいに広がった。

「ほう」

仏頂面していた亀八の顔が急にほころんだ。

「せっかくなので、いただきやす。おい、てめえら、ありがたくちょうだいしろい」

亀八は、さくらに軽く頭を下げてから、小屋の者たちに声をかけた。

「では、わたしはこれで失礼致します」

帰ろうとするさくらに、亀八は、急に親しげな口調で話しかけてきた。

「姐さん、せっかくだから中に入って、件《くだん》の人形がどんな出来だか、見て帰んな。おーい、弥吉、このお方を案内してやってくれ」

暖簾をめくると、静まりかえった小屋の内に向かって声をかけた。

「へい」

呼ばれて出てきたのは……伊織だった。

すぐ目の前に伊織がいる。

間近で見るのは、道場を去った十七歳のあの日以来だった。あのときは、線の細い少年でしかなかった。

大人の落ち着きをまとった伊織がまぶしかった。

年齢相応に生じた、目元のわずかなしわが愛おしい。

実直で涼やかな瞳、意志の強さを表す眉、白い歯。そして精悍さを増した肢体。

何もかもが、手を伸ばせば届く、すぐ目の前にあった。

さくらの心が跳ね上がる。息をするのも忘れる。目頭が熱くなる。頭がしびれて、魂がふわふわと飛び立ちそうになった。

だが……。

伊織は目も合わせぬまま軽く頭を下げた。

「弥吉、ほい、おめえの分だ」

亀八は、お重の中から、竹皮で包まれたつと豆腐を一つ取り出して、弥吉こと伊織の手元に放り投げた。乱暴な所作の中に深い情が感じられた。

「じゃあ、こっちに来な」

「は、はい」

さくらは、伊織に案内されて、蔦でできた大暖簾をくぐった。

小屋の中には人の気配がなかった。今なら名乗れる。

「あ、あの……」

おずおずと切り出そうとしたものの、

「これでえ。傘持ちの人形の顔は、俺が手がけたんでえ」

伊織は、かたくななまでに、さくらと目を合わさなかった。

（なんぼなんでも、平山桜子やて、気づいてへんはずあらへんのに）

旧知の者ともう繋がりを持ちたくないのか。さくらのことを懐かしいと思わないのか。

独り相撲だった情けなさで涙が出そうになりながら、力也人形に目をやった。

「これは……」

さくらは絶句した。

人形の肌は、まさに人の肌そのもので、髪の毛や睫毛の一本一本が丁寧に植えつけられていた。まるで息をしているようで、力也の息づかいまで感じられた。

息づいているだけではなかった。りりしく気品に満ち、力也の純な心の内まで丹念に写し取られていた。

（こないなもん作るて、伊織さまには、よっぽど人形作りの才があったんやな）

不思議な気がしたが、伊織には絵の才能があったことを思い出した。

いつも紙の束と墨壺を持ち歩いて、風景や人だけでなく、花や生き物、何でもない道具類まで克明に写し取っていたさまが、昨日のことのように目の前に浮かんだ。

佐川、力也の人形は、胸元がくつろげられ、ぞくりとする色気が感じられたものの、遠眼鏡を借りて見れば秘所まで見えるという趣向などなかった。本長が尾ひれのついた話を、力也に聞かせたに違いない。見世物小屋の出し物なので猥雑さはあったが、それをはるかに上回る人形師の矜持が感じられた。

「力也が失礼しました。人の話を聞いて、卑猥な物だと思い込んでいたようです。代わってお詫び申し上げます」

さくらは伊織を見詰めながら、静かにお辞儀をした。

「そりゃあ良かった。あの年頃じゃ、かっとなるのも無理はねえやな」

伊織は、視線を合わせぬまま、淡々とした口調で応じた。

あくまで気づかないふりをしているのだ。さくらの心の中の糸が絡まり合って、もつれもつれる。

せめて大好きだった料理を味わって欲しい、

「その包みはつと豆腐です。ひと口、食べてみてください。遠い昔、わたしと姉弟みたいに親しかった人が一番好きだった料理です」

言葉の語尾が震えた。

さくらの言葉に、伊織の肩がぴくりと動いた。

「じゃあ、遠慮なくいただくとすっか」

伊織は竹皮の包みを開いた。酒の豊かな香りが辺りにこぼれ出した。形の良い指がためらっている。ゆっくりと嚙みしめるように味わい始めた。

さくらは伊織の横顔をじっと見詰めた。伊織の深い睫毛が揺れる。言葉がなく、二人の間に、永遠のような沈黙が流れた。

静けさに耐えきれなくなったのは伊織のほうだった。

「この味……」

伊織の唇が震えている。

「昔と同じです」

ゆっくりした所作でさくらのほうに顔を向けると、

「今の私は、諸国の盛り場を渡り歩く、卑しい香具師です。桜子どのにだけは知られたくありませんでした。桜子どのだからこそ、同心だった頃の姿のまま、心に仕舞っておいて欲しかった。あくまで白を切り通すつもりでしたが、懐かしい味に嘘はつけませんね」と静かな口調で告げた。

　さくらの心の内に、大きな波紋が広がっていった。

「一緒に食べませんか」

　伊織の言葉に、さくらも、つと豆腐を一きれ、口にした。ほわんとした味が口の中に広がった。酒粕のほんのりとした甘味が、二人を遠い過去に運んで行く。

「下戸の私ですが、子供の頃から、この酒粕の匂いだけは好もしく思えたものです。さっぱりした味が、桜子どのの男勝りでからっとした気性に似ていると思っていました」

　伊織はさくらの目を見て優しく微笑みながら言い添えた。

「あの日、どうしても味を感じることができず、〝もう二度と味わえないのに〟と心残りに思っておりました。再び口にすることができてほんとうに良かったです」

　伊織は静かに竹皮の包みを畳んだ。

「過日の虚無僧はこの私です。浅草一帯の興行を取り仕切っている辰五郎親分には世話になっていますからね。私だと気づかれぬよう、小屋に置いてあった人形の衣装で変装しました」

「だから、江戸の虚無僧の身なりとは違ったんですね。でも、なぜ、力也に加勢してくださったのですか」

「人形を作るにあたって、下絵にする似顔絵を描きに佐野槌屋まで行きました。で、力也さんの顔を見て驚きました。忠一郎先生に生き写しではないですか。懐かしさのあまり、それとなく聞いてみて納得しました。その折、桜子さんのことも聞きました。それにしても、あの忠一郎先生が亡くなられたとは……」

涙ぐむ伊織の瞳は、昔のままの澄んだ色をしていた。

「箕輪の寮まで、佐川さんの似顔絵を描きにきた絵師さんが伊織さまだったのですね。後ろ姿しか見ていなかったので、気づきませんでした」

「桜子どのと顔を合わせないよう、急いで逃げ帰りました。はは、どのみち、隠しおおせるものではなかったわけですが」

伊織は決まり悪そうに頭をかいた。

「人形作りのための似顔絵だけでなく、あの引札も伊織さまの作なのでしょうか」

「有名な絵師さんに頼むには、日にちが迫っていましたので、やむなく私が描きました。お恥ずかしい出来で」

「いえ、あれは、生き生きして素晴らしい絵でした。名のある絵師さんの作だとばかり思っていました」

さくらの言葉に、伊織は、はにかむような笑みを浮かべた。そんな笑みは、平山道場に通っていた少年の頃と変わらなかった。

「亀八師匠に『絵の出来も良かったし、一度、おめえに顔作りを任せてみるか』と言われ、力也人形の顔を作らせていただきました。私はまだまだ未熟者。あくまで試しということでしたが、好機とばかりに、精魂込めて力也人形を作りました」

伊織は、力也人形の頬についた糸くずを、繊細な手つきで取り払った。

「力也どのが小屋にねじ込んできたとき、あいにく私は留守でした。私が戻ってきたときにはもう、裏手の田圃で、を組の者たち相手に大立ち回りの最中でした」

「危ういところをありがとうございました」

さくらはあらためて深々と礼をした。

風が出てきたのか、小屋の外側を覆っている薦がばたばたと揺れる。見世物小屋は、興行が終われば取り壊されて消え去ってしまう短い夢でしかなかった。派手な看板や口上、華やかさは、空しさと裏表だった。人の定めの浮き沈みと同じだろう。

さくらの口から自然に言葉が出た。

「あのとき、どうして出奔などなさったのですか」

一番、聞きたかったことを口にした。

伊織はしばらく逡巡した後、意を決したように口を開いた。

「大坂と縁が切れた今だから申しますが、花嫁は、義父が手をつけた茶屋女だったのです。お腹の子を私の子ということにして、家督をその子へつなぐつもりだと気づきました。子が家督を継げる歳になれば、私は若くして隠居を迫られたでしょう。そのような茶番に付き合えませぬゆえ、短慮を起こしました」

「なるほど、そうだったのですか」

「このことが公になれば大隅家の恥になります。私が悪者になれば済む話でした」

そして難波新地で興行していた亀八一座の生人形に心奪われ、人形作りの道に入ったという。

「ともあれ、お元気で良かった。同心の頃より、ずっと生き生きしておられます」

「毎日が気づきと学びだと思っています。人形のことを考えてばかりで、時を忘れてしまうのは、私に向いている証なのでしょう。真の居場所を見つけた思いです」

伊織は人形に目をやった。まるで親が子を慈しむような眼差しだった。

「力也には、考えているような卑しい人形ではないと伝えます。では、これで見世に戻ります」

さくらは丁寧に頭を下げた。

「ご苦労さまでやした」

伊織は人形師の顔に戻って、さくらを送り出した。

小屋の外に出ると、すでに日は落ちていた。幸い、風は止んでいる。純朴そうな弟子が二人、小屋の前の床几に座って、先ほどのつと豆腐を肴に一杯呑んでいた。さくらは、弟子の一人から火を借りて、持ってきていた提灯に灯を点した。

（伊織さまは、この小屋の中に居場所を見つけはったんやな）

若い弟子たちの屈託のない笑い顔を見て、心の中にも暖かい灯が点った。

まだ少し薄明かりが残っている田道をたどって吉原まで戻り始めた。道の両脇に広がる田圃は、水が張られて田植えの時期を待ち焦がれていた。月の末なので、晴れた夜空に月の影はほとんどなく、星明かりだけが夜道を照らしている。彼方に見える輝く『浮島』は、不夜城の吉原だった。家路を急ぐ人たちと行き交う。

（わたしも前ぇ向いて生きていこ）

星が降るような夜空を眺めながら、さくらは足取りも軽く、吉原へと帰った。

翌日、力也を小屋まで連れていって生人形を見せた。納得した力也は、伊織と亀八に心から詫びを入れ、亀八も快く納得してくれた。そこまでは良かったが……。

「けじめをつけなきゃ男じゃねえ。辰五郎親分にも謝りに行かあ」と言い出した。

辰五郎は侠客の親分で香具師の元締めでもある。男伊達を誇る裏では阿漕《あこぎ》な真似をしている。相手が相手だけに力也の身が心配だった。

「ねえ、力也、寝た子を起こさなくてもいいじゃない。お願い」

「おい、力也。相手は喧嘩で死人が出ても平気な連中でえ。危ねえぞ」

さくらの横で、おるいも口をはさんだ。

「やめとかんかい、力也。辰五郎一家からは何も言うてきてへんのやし。あの段六が、どないなふうに、ことの顚末を伝えてるか分からんで。飛んで火に入る夏の虫やがな」

さくらとおるい、竜次が口をそろえて説得したものの、力也の決意は固かった。

「たとえ袋叩きに遭っても、筋ってえものを通さなきゃ男じゃねえ。見世物小屋だけ詫びに行って、を組には知らぬふりじゃ、男がすたらあ」

「じゃあ、わたしも一緒に行きます。一緒に謝って堪忍してもらえるよう頼みます。女のわたしも一緒なら、向こうだってそうそう無茶を仕掛けてこないでしょ」

ここは、身中のおせっかいの虫に騒がれるまでもなく、さくらの出番だった。

「俺一人で行く。いとこってえだけで、うるさく世話を焼くんじゃねえ」

力也が声を荒らげた。

押し問答に気づいた長兵衛が、台所までやってきた。

「機転も利く、胆もすわっているさくらなら、うまく事を納められるでしょう。このわたしが、さくらを佐野槌屋の名代として同道させます。力也、否やはないね」

鶴の一声で、さくらも、を組に乗り込むことに決まった。

（心をこめた料理で人の心を和ませたい。和ませてみせる）

自分も行くと言い張る竜次を残し、さくらと力也は、重い風呂敷包みを背負って辰五郎の家に向かった。手土産は筍飯のお握りだった。

辰五郎の住まいは、子分の鳶人足を多く抱えるだけあって豪壮な構えで、戸口には、を組の名が記された大提灯が掲げられていた。鳶口や刺股といった、ものものしい火消し道具が、これ見よがしに壁にかけられて、道行く人を威圧している。暗い土間に足を踏み入れると、緊張できゅっと身が引き締まる気がした。

さくらと力也は、子分の案内で、仰々しい神棚が設えられた部屋に通された。大きな火鉢が置かれて、鉄瓶の湯が白い湯気を立てている。子分が立ち去った部屋に、さくらと力也だけが残された。辰五郎はなかなか姿を現わさなかった。

半刻も経ったかと思える頃、奥の襖が、がらりと引き開けられた。現れたのは、数人の子分を引き連れた、押し出しの良い三十半ば過ぎの男で、一目で辰五郎親分その人だと分かった。派手な色柄の褞袍《どてら》を着て大きな煙草入れを持っているのも、いかにも男伊達を誇る人物らしかった。子分たちは、さくらと力也をぐるりと取り巻くように座った。部屋の内に、ぴりぴりした空気が張り詰めた。

「俺が辰五郎でぇ。おめえが力也ってのかい」

おもむろに長火鉢の脇に座るや、長煙管の煙草に火を点けて、ゆったりとした仕草で一服吸い始めた。

「で、いまさら何の用でぇ」

凄みを利かせた目で力也とさくらを交互ににらみつけた。並の者なら、たちまちすくみ上がるような眼力だった。

「このあいだは、俺の早合点から、子分衆に怪我をさせ、申し訳ありません。この通り、詫びに参りました」

力也は辰五郎の目を真っ直ぐににらんだ。二人の間に、ばちばちと火花が飛ぶ。

「おお、いい度胸でぇ。こちとらは怪我人が大勢出たんだ。まともな身体で帰らせるわけにゃいかねえな」

辰五郎には、堅気の者には計り知れない怖さがあった。

「煮るなと焼くなと気の済むようにしてくんな」

力也は胡座を組んで、どっかと座り直した。周囲の子分たちも色めき立った。

（あかん。力也も力也や。謝りにきたはずが、すぐに喧嘩を売ってからに）

身構えながら逃げ道を思案していると……

風呂敷包みの中から筍飯の香ばしい香りが漂ってきた。ちらりと風呂敷包みに目をやった辰五郎は、すっと目を細めた。

一瞬、間が空いた。さくらはここぞとばかりに口を開いた。

「辰五郎親分、わたしはこの子のいとこで、さくらと申します。悪気はなかったんです。どうか堪忍してやってくださいませんでしょうか。何とか……」

言いかけたさくらの言葉を、辰五郎の声が遮った。

「がははは。俺を誰だと思ってるんでぇ」

辰五郎が豪快に笑う。

「ええっ」「えっ」

さくらと力也は、同時に間の抜けた声を上げてしまった。

「なかなか胆が据わった餓鬼じゃねえか。おのれの非を認めて、覚悟を決めてやってくるたあな。俺ゃあ、大いに気に入ったぜ」

「それじゃ、許してくださるのですか」

「許すも許さぬもねえやな。騒ぎを大きくしたのは、うちの段六でえ。喧嘩の仲裁に駆けつけたはずが、問答無用で喧嘩を大きくしてちゃあいけねえや」

辰五郎はまたもすぱりと煙草をふかせた。白い煙がゆったりと広がった。

「段六の奴、梯子持ちに取り立ててやったら、すっかりいい気になりやがって、俺の目の届かねえところで出すぎた真似ばかりしやがる。腹に据えかねていたところへ生人形小屋の一件だ。とうとう、俺も堪忍袋の緒が切れて叩き出してやったんでえ」

「そ、そうだったのですか」

さくらはすっかり拍子抜けしてしまった。

「お詫びと言っては何ですが、皆さんで召し上がっていただこうと持参致しました筍飯です」

さくらは風呂敷包みを前に押し出した。

「おお、そりゃあいい。あんたらも一緒に食わねえか。茶くらい出させらあ」

辰五郎の言葉で、子分がお茶を淹れ、さくらと力也に勧めた。さすがに大親分の家だけあって、銘茶らしい、ふくよかな香りがした。

（そういえば、炊き上がったときにちょっと味見しただけで、朝から何も食べてなかったっけ）

　ほっとした途端、急にお腹がすいてきた。

「こりゃあ、美味い。お握りの中にたくあんが入ってらあ」

辰五郎が大仰に褒めてくれた。

「火事場見舞いに持参するお握りには、大根や茄子の漬け物を入れるのが喜ばれると聞いて、入れてみました」

「なかなか、小憎らしい趣向じゃねえか」

「ありがとうございます」

　さくらは調子を合わせながら、お握りを頬張った。

「季節柄そろそろ筍は食い納めだが、最後にこんな美味え筍飯を食えて良かったぜ」

辰五郎は目をすすきのように細めながらお茶を飲み干した。

「力也は俺の若い頃に似てらあ。早とちりなところもな」

豪快な笑い声を上げ、力也も照れ笑いを浮かべた。

「な、力也。女郎屋で若い者なんぞやってても面白くあるめえ」

辰五郎は意味ありげな眼差しで力也を見た。

何やら風向きが変わってきて、さくらはどきりとした。

「女みてえな見かけによらず、力也は喧嘩の腕もなかなかだそうじゃねえか。どうだ。俺の所へ来ねえか。悪いようにはしねえよ」

辰五郎がまたも豪傑笑いしたが、この笑いが曲者だった。

「は、はあ」

力也は戸惑ったような返事をした。女好きな辰五郎が、女と見紛う美形の力也に興趣を覚えたのかと、気がかりになったが……

「知っての通り、俺にゃ、妾が大勢いるんだ。えっと、今は何人だっけ。ま、妾の数はともかくとしてだな。どの女も、分けへだてなく、よ～く面倒を見てやるのが俺の自慢なんだがよ。三十七にもなったというのに、生まれる餓鬼は女ばかりで男子に恵まれなくてな。なあ、力也、いっそ、俺の養子にならねえか」

「ええっ」

力也より先に、さくらが声を上げてしまった。衆道もさることながら、侠客の大親分の養子話も困る。

「ありがとうございます。せっかくですが、その気はありません。今はあのような場所で働いておりますが、この先、一剣で身を立て、真の武士になるつもりです」

力也は落ち着いた口調で答え、丁寧に頭を下げた。

「そうか、そうか。ますます気に入ったぜ。まあ、気が変わったら、いつでもここへ来いや」と辰五郎は大きくうなずいた。

どこからか鹿威《ししおど》しの音が、カーンと響いてきた。

「それにしても、あんたの料理にゃ、心ってえもんがあるな」

辰五郎がぽつりとつぶやいた。

(美味は人の心を解きほぐすいうんは、ほんまやなあ)

伊織が人形作りの道なら、さくらには料理の道がある。

伊織のように、自分の道を真っ直ぐ進んで行こう。もっと美味しいものを作って皆に喜んでもらおう。さくらは心に強く誓った。

第四話　おせっかいの長芋きんとん

一

さくらは、武田伊織のために料理を作る夢を見た。目覚めてみると、何を作っていたか覚えておらず、伊織が、少年の頃のきゃしゃな姿だったか、長身のたくましい体つきだったかさえも朧気で、幸せな思いだけが残っていた。

夜明け前に目覚めたさくらは、寝ぼけ眼のまま台所に向かうと、白湯と人参の浅漬けで一息ついた。人参の歯応えとほのかな甘味が嬉しかった。

（これからは料理に精進するだけや。ほんで、思った通りの居酒屋を作るんや）

さくらは、しみじみ幸せを嚙みしめた。

朝帰りの客が帰る頃になった。小菊が、別れが辛いなどと見え透いた愛想を口にしながら、老人の客を見送るために戸口から出ていった。

台所にはまだ誰もいない。

昨晩、竜次は、台所で本長と酒を酌み交わしていたが、竜次が「力也が騒ぎを起こしたんも、おまはんが力也にあることないこと吹き込んだせいや。どないしてくれるんや」と絡んだため、言い争いになった。その後、竜次は、仲直りと称して、本長を伴って九郎助稲荷にほど近い裏店に帰っていった。

（深酒して寝坊してるんとちゃうやろか。それとも、台所をわたしに任せられるようになったと思て、気が緩んだんやろか）

ますます嬉しい気持ちになって、心がふわふわと浮き立った。

台所の下働きたちも顔を見せ、それぞれの持ち場で黙々と支度を始めた。出入りの魚屋が、担いできた桶を土間に下ろした。ごーん、ごーんと、浅草寺の明け六ツの鐘が響いてきた。寝ていた若い者たちも起き出して、辺りが騒がしくなる。

いらぬおせっかいと、竜次に叱られそうだったが、起こしに行って、いつまで寝ているのかととっちめてやりたくなった。

大門まで客の見送りに行っていた小菊が、ようやく戻ってきた。遊女は泊まりの客を送り出した後、二度寝の床につく。小菊もそのまま二階に上がるかと思ったが、胸の前で袖を打ち合わせながら、鰹節を削っているさくらに近寄ってきた。

な顔を見せるのに、今朝ばかりは違った。

「さくら、知ってるかい。昨日の晩、騒ぎがあったんだよ」

いかにも気の毒がっているようで、口の辺りだけが嬉しげにゆるんでいた。さくらはたちまち胸騒ぎを覚えた。

（あの後、仲直りのはずが大喧嘩になって、まさか……）

相撲取り崩れの本長が竜次をどうのとか、逆に、短慮から竜次が包丁で本長を刺したとか、最悪なさまが芝居の場面のように頭をよぎった。

「いったい何があったのですか」

「あんたはのんきでいいやね。御内所の様子をよく見て御覧よ」

御内所に人が集まって何やら小声で話し合っていた。長兵衛とお勢以の夫婦、遣手のおさよ、番頭の幸助や番頭新造、若い者頭の伝吉まで集まっている。普通の人より耳がよく聞こえるさくらだが、いくら聞き耳を立てても、広間を隔てた台所までは聞こえてこなかった。小菊は、思わせぶりなことを言ったきり何も話してくれない。

　立ち上がって、御内所まで行こうとしたときだった。着物の裾を端折った力也が裏口から入ってきた。台所にいるさくらに目もくれず、裾を下ろして払いながら、真っ直ぐ長兵衛の所に向かった。真剣な眼差しの力也が耳打ちすると、長兵衛が短くうなずいた。

(力也まで、どないしたんやろ。外から帰ってきたふうやけど、この朝早うに、いったい、どこへ行ってたんやろ)

いぶかしく思っているところへ、裏口から当の竜次が入ってきた。二日酔いらしく、ふだんの引き締まった顔がむくんで見えた。

さくらはほっとしたものの、不吉な影が消えたわけではなかった。

「おう、待たせたな。すまん、すまん」

竜次は御内所の様子に気づかぬふうで、魚屋に、さばき方の指図を始めた。

「何かあったみたいですよ」

竜次に小声でささやきながら、集まった者たちのほうに目をやった。

「何やいな」

立ち上がって御内所に向かおうとする竜次の袖を、小菊がぐいと引っ張った。

「佐川が死んだんだ」

小菊は抑揚のない声で言った。

耳鳴りがして、年寄りのように耳が遠くなった気がした。目の前のすべてのものが、すうーっと後ろへ遠ざかっていく。

さくらには、小菊が何を言っているのか、一瞬、分からなかった。

「ほんまかいや。佐川はんが、何で死んだんや」

竜次が噛みつくような勢いで小菊に迫った。小菊は、うっと息を詰め、ついで、ごくりと大きな音を立てて唾を飲み込んだ。

「昨日、佐川は具合が悪いと言って客を取らなかったんだ。夜中、妹女郎たちが眠り込んだ隙に、懐剣で喉を一突きさね」

「詳しく教えてください」「どないなこっちゃ」

さくらと竜次は小菊に詰め寄った。

「見つけたのは伝吉だったんだ。父《てて》さまが指図して、伝吉と番頭の幸助さんとで、あっと言う間に片づけちまったよ。力也もいたってよ」

「じゃあ、遺体はどこに寝かせてあるんですか。会わせてください」

「自死だからね。夜明けを待たずに、箕輪の投げ込み寺行きさ」

「そ、そんな」

投げ込み寺の名を聞いて唇が震えた。竜次の握った拳もわなわなと震えている。

「手慣れたもんさ。一年前にも新造が一人、首をつったんだけど、そのときだって、商いの邪魔ってわけで、すぐさま浄閑寺さんの惣墓に放り込んで一件落着さ。後は、そんな女郎いましたかって具合に、また同じように商いを続けるだけさ」

耳鳴りが脈とともに、どくんどくんと大きく響き始めた。

（自分のために生きるて、あんなに約束してくれはったのに……）

佐川に裏切られた気がした。実の妹のように思っていたのは、さくらの独り善がりだったのだろうか。姉のようと言ってくれたのも言葉の綾だったのか。

（なんでやねん。なんでや。この先かて、料理勝負で連勝したろて思てたのに）

その場に、へろへろとへたり込んだ。竜次の日に焼けた顔も青黒くなっている。

「自死した女郎の死骸は、手足をくくって薦に巻いて、屑みたいに捨てられるんだ」

小菊は追い打ちをかけた。力也が無慈悲な行いの手伝いをさせられたと思うと、胸が痛くなった。

竜次が立ち上がって御内所へ走った。さくらも続く。

「親父、散々、稼がせて、死んだら、弔いもせんと投げ込み寺て、鬼やがな」

長兵衛の胸倉をつかもうとする竜次を、幸助と伝吉が必死の形相で止めた。

「竜次さんの言う通りです。ひどいじゃないですか」

さくらも長兵衛に詰め寄った。声がかすれて言葉が上手く出てこない。

長兵衛は苦渋の表情を浮かべて押し黙っている。ふだんに増して、顔が死人のような土気色だった。

力也はうつむいて身じろぎもしなかった。粋がっていてもまだまだ少年である。よほど打ちのめされたのだろう。

「竜次、吉原の作法は知ってるだろが。佐川だけ特別扱いできないんだよ」

長兵衛に代わって、おさよが、こめかみに青筋を立てながら、叫ぶように言った。

「竜次さん、ここは落ち着いてくだせえ。親父さんだって……」

伝吉が言い終わらないうちに、長兵衛が身体を激しく震わせ始めた。畳の上でくの字になり、腹を押さえて身悶えする。見る間に脂汗が滝のように噴き出した。

「こりゃいけねえや」「部屋に運べ」「医者の久庵先生を呼んでこい」

御内所は、たちまち蜂の巣をつついたような大騒ぎになった。

「伝吉、力也、そっとだよ。そっと運ぶんだよ」

おさよが、てきぱきと指図し、長兵衛を奥の座敷へと運ばせた。お勢以も、おろおろしながら後を追った。

幸助だけになった御内所は、急にしんと静まり返った。

「旦那さんは、佐川さんの死がよほど応えたんでしょうね」

さくらは傍らに呆然と立つ竜次に声をかけた。

竜次は、よろよろと台所に戻って板の間にどっかと胡座をかいて座った。小菊も竜次の脇に腰を下ろした。

何をどうすればいいかわからなくなったさくらは、湯飲み茶碗に白湯を入れて、竜次と小菊に勧めてから、自分もひんやりした床にぺたんと座った。

「これでも食って落ち着こう。さっきの客が持ってきた残り物なんだけど」

小菊が懐から懐紙に包まれた落雁を取り出した。薄桃色の落雁が二つ、白い落雁が一つで、落雁の表面には『長生殿』という名が浮き出していた。

「これは三銘菓と言われる、加賀『森八』の落雁じゃないですか」

上質な和三盆糖を用いた高価な落雁だった。

「そんなにたいそうな菓子だったのかい。知らずにぼりぼり食っちまったよ。あははは。あんたらにゃ、もったいないけど、しょうがねえ。食わしてやらあ」

小菊がおどけた口調で言い、三人して長四角の落雁を食べ始めた。薄桃色の淡い色が上品さを醸し出している。ぽりぽりと嚙めば、わずかな甘味が心に染みた。

竜次はしんみりした口調で話し始めた。

「親父は前々から肝ノ臓の具合が悪かったんや。見世の者の士気に関わるさかい、書き物とか書見とか言うて部屋に引っ込んどったけど、ほんまは、しょっちゅう寝込んどる。佐川のことは……辛いやろな……」

小菊が、落雁に歯を立てながら、何度も大きくうなずいた。

「そういえば、わたしがこの見世に来てあいさつしたときも、急に奥へ引っ込まれたので、何だか腑に落ちなかったことがありました」

「具合の悪いときは、いつも、女房やのうて、おさよが看病しとる。ま、今日の様子見てたら、もう隠し切れんようになってきたのかもしれんな」

落雁を食べる竜次の手が止まり、小菊が二人の話に割り込んできた。

「そのおさよさんのことだけどさ、先代の頃から見世にいた女郎で、番頭新造から遣手になったんだけど、もともと父さまとは、わりない仲だったに違いないよ」

小菊らしい、いい加減な話が飛び出した。

「あほ言わんかい。親父は、女将をいまだに姫扱いして、真綿にくるんで大事にしとるがな。それを言うなら、おさよが長兵衛はんに惚れとるだけやろがい」

「この際、おさよさんとの間柄がどうのって、どうでもいいじゃないですか」

さくらは無性に腹立たしくなった。

「死んだもんは、もう生き返らへんがな！　誰が悪いんでもあらへん。浄閑寺まで行って、惣墓に線香でもあげたるしかしょうない」

落雁を食べ終えた竜次は、立ち上がって、何事もなかったように、土間で魚をさばいていた魚屋のほうに向かった。小菊も大きく伸びをしてから二階へ上っていった。さくらは食べ残した落雁の欠片を懐紙にくるんでそっと胸元に納めた。

（小菊さんにとって、佐川さんがおらんようになったのは、幸いなんやろな。見世で随一のお職の地位が戻ってくるんやし。一番ええ部屋を使えるようになるし）

考えながら、先ほど食べていた人参の浅漬けが一きれ、残っていたことを思い出した。浅漬けを噛むと、ぱりっという小気味良い音がした。落雁の甘さから一転、先ほどは感じられなかった浅漬けの塩味が、さくらの心をぴりりと叱りつけた。

（小菊さんのこと、悪う思たらあかん。小菊さんなりに寂しいと思てるんや。遊女の命は、はかないもんや。明日は我が身。平常心で受け止めるしかないんや）

浅漬けのたった一きれの滋味が気づかせてくれた。見世中の誰もが、佐川の死を静かに受け止め、何事もなかったように日々の暮らしに流されていくのだろう。

だが、なぜ今になって自死したのか、やはり納得できない。

さくらはとんとんと大階段を上って、二階の最奥にある佐川の部屋に向かった。主がいないだけで、いつもの通りな部屋のありさまが、かえって佐川の死を感じさせた。

妹女郎三人は泣きつかれて、思い思いの場所でうとうととうたた寝をしていた。

「あ、さくらさん」

一人だけ目をさましていた千歳が抱きついてきた。

(わたしよりこの子らのほうがもっとずっと悲しいんや)

千歳はしゃくり上げるようにして泣いている。さくらはうなずきながら細い肩を抱いて、背中を優しくとんとんと叩いた。

「昨夜《ゆうべ》はよ、台屋から仕出し料理を食べきれねえくらいたくさん届けさせて、わっちらにたらふく食わせてくれたんだ、そんときは、たまに休みをとったんだし、大盤振る舞いも、ただの気紛れかなって思ったんだけどよ。今思ったら、何だか様子が変だったんだ。わっちら一人一人に妙に優しく声をかけてくれてよ」

衝動的ではなく覚悟の自死だった。妹女郎へのせめてもの心づくしが悲しかった。

「千歳ちゃんたち四人は、佐川さんが亡くなったときどうしてたの」

さくらの問いかけに、千歳はごくりと唾を飲み込んだ。

「それがよ、わっちら四人は酒まで馳走になってよ。宵のうちから白河夜船さね。姉さまはわっちらが気づかねえうちに、ひっそりと三途の川を渡っちまったんだ」

「そうだったの。大騒ぎになってから気づいたってわけね。さぞ驚いたでしょうね」

「それがよ、おさよさんに起こされるまで気づかなかったんでえ。わっちらが知らされたときにゃ、姉さまも、血で染まった布団も、ぜ〜んぶ運び出されてきれいさっぱり跡形もなかったんでえ」

千歳は泣き崩れた。目を覚ました袖浦も、さくらにすがりついてきた。

「おさよさんに、泊まりの客がいるから、泣いたりわめいたりするなって言われたもんでよ。四人して、この部屋で抱き合ってずっと泣いてたんだ」

千歳らが、凄惨な場を見なかったのは幸いだった。ともあれ、佐川はひっそりと命を絶ち、まるで前からいなかったように、さっさと片づけられてしまった。

（佐川さんが何で死んだか、わからんままに終わるなんて、割り切れん話や）

佐川の部屋を後にして長い廊下に出た。手入れの行き届いた中庭には、柔らかな朝の日差しがあふれている。足元がふわふわとして定まらず、悪い夢の中を歩いているようだった。

千歳らのためにも、いや、佐川のためにも、早く気持ちを立て直さねばならない。

台所へ戻ったさくらは、裏口から入ってきた八百政から野菜を受け取った。八百政に向かって無理矢理笑顔を作ると、八百政は人の良い顔で満面の笑みを返した。さくらは野菜を流しに運び、台所仕事の一日がいつものように動き始めた。

二

佐川がいなくなった佐野槌屋は火が消えたようだった。長兵衛はまだ回復せず、御内所に姿を見せない。番頭の幸助と遣手のおさよが懸命に切り盛りしているが、客あしらいに長けた長兵衛のようにはいかないようだった。

佐川、力也の人形が飾られた生人形の小屋が、佐川の死でさらに評判を呼び、以前にも増して大盛況なことが皮肉だった。

さくらと竜次は、茶屋がずらりと軒を連ねる仲之町の通りの最奥、秋葉常夜灯にほど近い汁粉屋に入った。行灯に『正月屋』と記された汁粉屋は、芸者二人、吉原見物に来たらしい勤番侍、職人風の男、ご隠居風の老人らでにぎわっていた。甘い物の店だが意外に男の客が多かった。

通りに面した床几に座って、竜次は汁粉を二杯、頼んだ。

「佐川さんが亡くなってもう十日、経ってしまいましたね」

食欲がないさくらは、まだ箸をつけず、お椀を手にしたままだった。

「何もなかったみたいなとこが、なんとも言えんわなあ」

竜次も、いつものように張りのある、大きな声ではなかった。台所仕事の合間に、さくらを汁粉屋に誘ったのも、心が弱っているせいだろう。

「お客さまの入りが、ここまで違うとは思いませんでした」

「なんとかせんと、佐野槌屋は、あっちゅう間に立ち行かんようになるで」

いつも気楽な竜次も、珍しく悲壮な顔つきだった。

「冷めんうちに食おや。こないなときは甘いもんが一番の薬やよってにな」

竜次の言葉で汁粉を食べ始めた。丸餅を甘い汁とともに口にすれば、心が上向く気がした。胃の腑にすべて納めると、身体中がほっこりとして肩の力が抜けてきた。

「お客さまの足は戻るでしょうか」

さくらは空になったお椀を床几の上にそっと置いた。

「小菊やら他の花魁にせいぜい頑張ってもらわなな」

「台所にいるわたしたちも、見世にいる人たちのために、精のつく美味しい物を作らないと。美味なもので心を解きほぐさなきゃね」

「それはわいの台詞やがな」

竜次の口から、ようやく、いつものかかという笑い声が出た。

「それはそうと、佐川の妹女郎のこと、まめに世話焼いてるそうやないけ。そこまでせんかてえのに、あいかわらずおせっかいやな」

「しばらくの間、小菊さんが面倒を見るようですけど、あんな風な人ですから何かと心配で……」

折にふれて優しく声をかけるくらいしかできなかったが、千歳たちにほんの少しずつ笑顔が戻り始めていた。

さくらは常夜灯の脇に植えられた柳の木に目を向けた。生き生きとした緑の葉が、ときおり吹いてくる風に、さらさらという乾いた音を立てている。

当初は長居しないつもりだったが、今では、佐野槌屋がさくらの居場所になっていた。

女郎屋は人の道として良い商いとはいえないが、懸命に生きている者たちがいる。好きで女郎になる女などいない。

世間から、女郎屋の主人――仁義礼智忠信孝悌の八つの徳を忘れた〝亡八〟とさげすまれながらも、長兵衛は、見世のため、女たちのためにいつも心を砕いている。

遣手のおさよは、遊女たちを裏から懸命に支えている。

番頭幸助を始め、忙しく立ち回る若い者たちも、脛に傷を持つ世間のあぶれ者で、ここでしか生きていけない者たちばかり。

吉原はわけありの男女の吹きだまりでもあり、生をつなぐ場所でもあった。

佐野槌屋の行く末が自分の事のように気になった。

　そろそろ見世に戻ろうとしたとき、汁粉屋の中から一人の若侍が出てきた。

「まあ、新藤さま」

　さくらの声に、新藤はぎょっとしたような顔をして振り向いた。

「そ、その節はどうも……。拙者は急ぐゆえ、こ、これにて失礼いたす」

　新藤は、へどもどしながら立ち去っていった。

「こないだ、もう小菊とは会わへんて大見得切りよったさかい、顔を合わすのが恥ずかしいんやろな。ほんま言うと新藤は小菊と会うとるんや。佐川はんが死んだ日の夕方かて、見世の裏木戸辺りで、ちらっと見かけたような。いや、あれは見間違いやな。勤番侍は藩邸の門限が厳しいさかいに、夜に来れるはずあらへんわ」

「あきれた。あれきりじゃなかったんですね」

　もしや、この汁粉屋で二人が会っていたのではないかという気がしたが、薄暗い店の奥を見渡しても小菊の姿は見えなかった。

　佐野槌屋に戻りかけたとき、仲之町の通りをばたばた走ってくる男の姿が見えた。ひときわ目立つ大柄な姿は、貸本屋の本長だったが、いつもの大荷物を担いでいなかった。

「大変です。早く見世に戻ってください。同心の塚本さまが、力也ちゃんを引っ立てていこうとして大騒ぎになってまさあ」

顔を見合わせたさくらと竜次は、一目散に、佐野槌屋へと駆け戻った。

見世の前には大勢の野次馬が集まっていた。

大暖簾をくぐって誰か出てきた。肩で風を切るように現れたのは、隠密廻り同心塚本左門だった。痩せぎすで色が生っ白い。男ぶりが悪いわけではないが、頬骨が高く、鷹のような目つきをしていた。面番所に交代で詰める、隠密廻り同心四人のうち、一番、評判が悪い男で、今日の塚本はさらに悪相に見えた。

（塚本いうたら、力也にちょっかい出した同心やさかいな）

悪い予感で胸が押しつぶされそうになった。

「あ」

さくらは、思わず袖で口元を覆った。縄を打たれた力也が、小者に縄尻を取られた哀れな姿で出てきた。後ろには塚本の小者二人と、岡っ引きら三人の姿があった。

「塚本さま、力也が何をしたとおっしゃるのです」

さくらは塚本に詰め寄った。

「おめえは台所の下働きで、確か、さくらとか言ったっけな」

足を止めた塚本が、さくらを見下すようにした。

「先日の生人形小屋での騒ぎについてのお咎めでしょうか。その件なら……」

「そうじゃねえ。心中の生き残りとして召し捕ったんでえ」

塚本は、市中を見回る、八丁堀の同心特有の伝法な物言いで答えた。

「えっ、り、力也がですか」

頭の先から血の気がすっと引いていった。唇が震えて言葉が続かなかった。

「心中は大罪。女だけ死なせて生き残っちまった男は死罪でえ。むろん、罪を認めればの話だがな」

塚本は、剃り跡が青々した顎を撫でながら、酷薄な笑みを浮かべた。

力也は怒りと困惑で、ふて腐れているように見えた。

「力也が罪を認めるまで、面番所で責め問いするつもりなんやな」

竜次が強い調子で口を挟み、塚本が竜次をぎろりとにらみつけた。

「召し捕りの折、暴れて手こずらせたってえのも、罪を認めた証でえ」

塚本が得意そうに決めつけた。

佐野槌屋の見世先には、番頭の幸助と遣手のおさよ、女将のお勢以らが心配げに立っていたが、こんな大事な折にも長兵衛の姿はなかった。

「きりきり歩かねえか」

力也を追い立てながら、塚本一行は江戸町二丁目から仲之町に出た。両側に建ち並ぶ茶屋の者たちが、好奇の眼差しで力也を見ている。

「生人形の場面通り、やはり二人は恋仲だったんだ」「可哀想にねえ」「いやいや、死罪になりゃ、佐川と添い遂げられるんだから、本望だろうよ」

勝手な事を、ひそひそ、ささやき合う声が聞こえてきた。

違います。間違いなんです。

さくらは大声で叫び出したい気持ちにかられた。

大門脇にある面番所の前まで来た。

「さあ、入れ」と小者が力也を小突いて中に追い込んだ。

「帰《けえ》れ、帰れ」

追いすがるさくらと竜次に、人相の悪い岡っ引きが、蠅でも追い払うように怒鳴りながら、入り口の腰高障子をぴしゃりと閉めた。

佐野槌屋に戻ると、見世の主立った者たちが御内所に集まっていた。

「旦那さんは寝所ですか」

「おさよと相談してなさるよ」

若い者頭の伝吉の眉の間には深い皺が刻まれていた。見世の内はざわつき、遊女たちも遠巻きにこちらを見ている。

小菊の姿を見咎めて、竜次が大階段の脇に向かった。

「元はと言えば、てめえの大嘘のせいじゃねえか」

まなじりをつり上げて、大声で小菊をなじった。

「わ、わっちは、何も……。この前は、佐川へのちょっとしたいやがらせのつもりだったんだ。まさか塚本の旦那まで出張ってくるとは思わなかったんだよう。あれでこりたからさ。今度は何も言ってないよ。わっちのせいじゃないよ」

小菊は唇を震わせながら、それきり押し黙ってしまった。

「生人形が災いしたんじゃないですか。大評判になったので、本物の佐川さんと力也も、心中するほどの恋仲だと信じた人たちが多かったでしょうしね」

さくらたちの話に、伝吉がいまいましげに口をはさんだ。

「岡っ引きの話じゃ、を組の段六が、恐れながらと訴え出たってえ話だ。夜遊び帰りに、たまたま吾妻橋の辺りを通りかかったら、力也が、橋の上から大川へ身を投げようとして行きつ戻りつし、ついには思い止まったってね」

「なんやと。あの外道め」

竜次が、ぎりぎりっと音がするほど歯噛みした。

「段六は、を組を追い出されて、力也に恨みを持ってますからね」

「けんど、力也は佐川はんが死んだとき見世におったやないか。箕輪まで遺体を運ぶ手伝いもしたんやろ。段六の嘘なんか、すぐばれるやろが」

「そこが難儀なところなんでえ。佐川の骸を浄閑寺に運んだ後、わしらはすぐ見世に戻ったんだが、力也はそのまま朝まで戻らなかったんだ」

「そういえば、あの朝、力也はどこかから帰ってきた様子でしたね」

さくらは、力也が、長兵衛に何か耳打ちしていたさまを思い出した。

「力也は佐川を悼んで、墓の前で朝まで念仏を唱えていたんでえ。寺男も、すぐ小屋に引っ込んじまったし、力也が夜明けまで、ずっと寺にいたかどうかなんて、誰にも分からねえだろうよ」

伝吉はすまなさそうに言った。奇妙なほど頬が引きつっていた。

力也の優しさが仇になったんだ。

さくらは、まるで石にでもなったかのように、胸の中が冷たくなった。

「面番所に詰めていた同心が塚本だったのが不運だったねえ。別の旦那の係りのときだったら、面倒だからって知らぬふりですましてくれたはずだよ」

小菊が、いかにも同情するように口をはさんだ。

「こういう面倒事の折に融通を利かせてくれるよう、日頃からあいつらにゃ贅沢な物を飲み食いさせたり、袖の下を渡したりしてるんだ。けど、相手が悪いや」

伝吉が目を瞬かせた。

「隠密廻りっちゅうたら三廻り同心の中でも腕利きの古手がなるもんやのに、塚本は三十一歳の若さで抜擢されよった。それを鼻にかけて、この吉原でもいばり散らしとるんや。木っ端役人め」

憎々しげにののしる竜次に、

「塚本は大手柄をいくつも立てたから隠密廻りに抜擢されたってえ話だが、此度のように冤罪も多かったんじゃねえか」

吉原での暮らしが長い伝吉が、やに染まった歯をむき出した。

「実を言うと、塚本の旦那には衆道の気があるらしく、力也にちょっかいを出して手酷く袖にされたこともあるしな」

伝吉が付け加えた。

「その話、わたしも力也から聞きました」

「ほんまかいや。それは初耳やったわ」

「その力也が、心中するほど佐川に惚れていたと聞かされて頭に血が上ったんじゃねえかな」

伝吉がさもいまいましげに首をふった。

「力也の言う通り、早く吉原を出ていれば、こんなことにはならなかったんです。奉公先をじっくり探そうなんて言った、このわたしが悪いんです」

さくらは右手で胸元をかき合わせた。

「さくら、それを言うたら、そもそも連れてきた、わいが悪い」

竜次も、口をへの字に曲げて、これ以上うつむけないほどうなだれた。

「そんなこと言い出したら、きりがないよ。人それぞれ、持って生まれた運、不運ってものがあるんだよ。力也は運が悪かったのさ」

小菊がしたり顔で講釈を口にした。

「塚本は可愛さ余って憎さ百倍なんやろ。どないしても力也を罪に落としたいんや。人形のせいで、世間も佐川と力也を結びつけとる。塚本もそう信じたんか、信じたふりかは知らんけど、とにかく、段六の訴えは渡りに船やったんやろな」

「ひどすぎます。そんなことがあっていいんでしょうか」

さくらの握った拳がわなわなと震えた。傍らで、小菊が大仰に眉根を寄せた。

「あ〜、可哀想にねえ。力也は、明日にでも大番屋に送られて、その次は小伝馬町の大牢送りさ。穿鑿所で鞭打ちやら石抱きやらの牢問いを受けて、それでも白状しなきゃ、今度は拷問蔵で、海老責め、釣責の拷問さ。罪を認めるまでそれが、何日、いや、何年でも続くんだ。お上に、一度、決めつけられりゃお終いさ。身に覚えがなくたって、罪を認めて死罪になるしかないんだよ」

痛ましげな顔をしながらも、口元が少し笑っていた。

「人の不幸がそんなに楽しいんですか」

さくらは、胸倉をつかまんばかりに、小菊に詰め寄った。

「何を言ってるんだい。わっちは力也が心配で心配で、じっとしてられないんだよ」

小菊は、眉をひそめながら激しくまばたきをした。

「さくら、落ち着かんかい」

竜次が割って入った。

(しょせん、みんな、力也とは赤の他人や)

心が千々に乱れ、突風に巻き上げられた枯れ葉のようにくるくる舞った。

「竜次さん、今日は暇をください」

居ても立ってもいられなくなったさくらは、もう一度、面番所に向かった。戸口の前まで来たが、中の様子が見えるはずもなかった。小者が、格子窓の内から、大門の辺りを見張っているばかりである。

(ひょっとして、声でも聞こえへんやろか)

面番所と茶屋の間にある路地に入って、板壁にそっと耳をつけてみた。塚本らしき男の罵声と物音が響いてきた。悲鳴は聞こえないものの、力也のうめき声が聞こえた気がした。怒りと焦りと心配で押し潰されそうになる。

(こないなときにじっとしてられるかいな。女通り切手の木札を出してもろて、とにかく浄閑寺に行ってみよ)と思い立ったときだった。

「桜子どのではありませぬか」

驚いて振り返ると……

武田伊織の澄んだ瞳がそこにあった。

「今から佐野槌屋さんにうかがうところです。佐川さんが亡くなったことで、さらに評判を呼んで、小屋は満員札止め続きですが、人の不幸で稼ぐなんて、人の道にはずれているではありませんか。亀八師匠にお願いして、佐川さんと力也どのの人形を引っ込めることにしました。佐野槌屋さんにそのご報告にと」

伊織は、風呂敷包みを手に、柔和な目を向けてきた。

「実は、大変なことになりました」

すがる思いで、事情を一気に語った。伊織の顔色が見る見るうちに変わる。

「浄閑寺周辺で力也どのの姿を見た者がいないか、私が探してみます」

伊織は、形の良い長い指で片眉を撫でながら言った。

「何とぞよろしくお願いいたします」

頭を下げるさくらに、伊織は目を瞬かせながら、しみじみした口調で言った。

「最初から佐川花魁だけの場面にすれば良かった。力也どのの人形を添えるにしても、心中仕立てにせずにおけば良かったのです」

伊織は一つ、大きなため息をついてから言葉を続けた。

「せっかく、名高い佐川花魁の生人形を作るなら、いっそ、きわどいものが良いと言い出したのは辰五郎親分でした。で、親分が思いついたのがあの場面で、亀八師匠も大乗り気でした。私は、心中物など、お上に目をつけられるのではないかと案じたのですが、こういう興行は人目を惹く題材でなければと師匠に言われ、私は従ってしまったのです」

目を伏せながら辛そうに語った。

「歌舞伎も、お咎めぎりぎりの、きわどい出し物が受けると言います。どなたが悪いわけでもありません。それを言えば、力也に、ここで辛抱するように言ったわたしが一番、悪いのです」

さくらの心はまたも嵐の海にもまれる小舟のように揺れうごいた。

「ともかく、早いに越したことはありません。この足で、今すぐ箕輪の浄閑寺に行ってみます。この菓子折は長兵衛どのにお渡しください」

風呂敷包みを押しつけるように手渡すと、伊織は急ぎ足で大門から出ていった。

三

江戸の地理に不案内なさくらに代わって、竜次があちこち駆けずり回り、夜が明けてからようやく戻ってきた。何の成果もなかったことは疲れた顔を見ればすぐに分かった。

「わたしの代わりにすみません」

一睡もせずに待っていたさくらは、濃いめのお茶と、作ったばかりの『かすてらいも』を勧めた。

すりおろしたさつまいもに、砂糖、玉子、片栗粉を加えて焼いた菓子の表面には、裏返しにして焼く際にふり入れた胡麻で、美味しそうな焦げ目ができていた。

「甘味で疲れが吹っ飛ぶわ。濃い茶ぁで、眠気もすっきりや」

竜次は大仰に喜んでくれた。

「一緒に食おや。さくらも顔色が悪いで」

「は、はい。そういえば昨日から何も食べていませんでした」

さくらはもうひとつの湯飲み茶碗に白湯を入れた。

白湯を口に含んで口中を新たにしてから、かすてらいもをあらためて口に入れた。ゆっくり舌で味わうと、優しい甘さと胡麻の舌触りが感じられた。力也にもこれを食べさせてやりたいと思えば、目の前がぼやけてきた。

「せっかく、見世の台所で料理ができるようになったのに、力也に、もう二度と、わたしの料理を食べさせてやることはできないんですね」

ふっつりと切れそうな縁を、もう一度、つなぎ止める手立ては見つかるのだろうか、と思えば、やるせなさが、どんどん膨らんでいった。

「そない言うたかて……」

竜次が、しんみりとした口調で言ったときだった。

「さくら、大事な話があるんだ。わっちの部屋に来《き》な」

二階の上がり口に立った小菊が、さくらに向かって手招きをした。どうせろくな話ではないと思ったが、小菊の目は真剣な色を宿していた。

　部屋に向かうと、禿が茶と菓子を出してくれた。

「あんたらは外に行ってな」

　小菊の一言で、禿が部屋を出ていった。

「昨日も、言おうか言うまいか、ずいぶん迷ってたんだけどさ。力也のことがあって、やっぱりあんたには言っておこうと思ってね。でも、誰にも言うんじゃないよ」

「え、力也に関係があることなのですか。ぜひ教えてください」

　さくらは小菊のほうに、にじり寄った。

「わっちが亘さまとときどき、見世の外で会ってるのは知ってるかい。別に裏茶屋で逢い引きってわけじゃないよ。ただちょっと話すだけさね」

　小菊は柄にもなく、おぼこ娘のような科を作って照れた。

「この菓子はね。近頃、水戸で流行りの『吉原殿中』てんだ。いいから食ってみな」

「は、はい。じゃあ」

　小菊の機嫌を損ねたくないさくらは、素直に菓子を口にした。

「べつに吉原と縁はねえんだ。亘さまの言うことにゃ、水戸のお殿様の奥女中で、吉原ってえ女が考え出した菓子なんで、吉原殿中って言うんだとさ」

なかなか肝心の話に進まなかった。

心の内では苛立ちながらも、吉原殿中をじっくりと味わってみた。

「もち米と水飴、きな粉で作られているようですね」

「よく分かるじゃないか。わっちはあんまり美味いとも思わねえけど、亘さまがわざわざ、わっちに食わそうと届けてくださったんだ」

「素朴な味がいいじゃないですか。いかにも新藤さま好みです」

さくらの言葉に、小菊は嬉しげに口角を上げた。

「で、先程の話なんですが……」

さくらはそろそろとばかりに話を引き戻した。小菊は、吉原殿中をかりりと音を立てて食べ、おもむろにお茶を飲んでから、ようやく本題に入った。

「佐川が死んだ日の夕方だったよ。亘さまがこっそり訪ねてきたんだ。水戸の土産を渡しにってね。勤番侍は門限があるから不思議に思ったんだけど、親戚の葬式で水戸へ帰って、一日、早く戻ってきたって言うじゃないか。その晩は客がつかなかったもんで、故郷の水戸の話をゆっくり聞きたいと思って、新八郎のときの要領で行灯部屋に連れ込んだってわけさ。で、夜更けまで積もる話をしてたら、佐川の骸が運び出されるところを二人して見ちまったんだ」

要領を得ない話しぶりだった。

「それが、力也とどうつながるのですか」

「亘さまは、藩士のお家に養子に入った人なんだけど、生まれは寺だったから、経をそらんじてるんだ。わっちから『自死した女郎は、弔いもされず、裸にひん剝かれて寺に放り込まれるんだ』って教えられた亘さまは、せめて経を上げてやろうと、浄閑寺に向かう一行の跡をつけたんだとさ」

　さくらの心臓が、ばくばくと早鐘を打ち始めた。

「じゃ、じゃあ、あの晩、新藤さまは、力也と一緒に念仏を唱えていたんですね。なら、どうして、小菊さんは、塚本さまにその話をしてくれなかったんです」

　はらわたが煮えくり返ったさくらは、立ち上がって小菊をきっとにらみつけた。

「話はそこからなんだよ。まあ、落ち着きなってば。ここから先は、昨日、亘さまに汁粉屋まで呼び出されて、聞かされた話なんだけどさ。驚いたのなんのって」

　小菊はもったいぶって、吸っていた煙管を煙草盆に打ちつけた。カーンと澄んだ音が静かになった座敷の内に響いた。さくらは溜息とともに、もう一度、座した。

　またも、じらすように間を置いてから、小菊はようやく口を開いた。

「何と、佐川は死んでなかったんだ」

思いがけぬ小菊の言葉に、さくらは絶句した。

「それは本当ですか」

すいっと膝を進めて小菊に詰め寄った。

「浄閑寺で、亘さまはね。見ちまったんだ」

小菊の言葉に、さくらの喉が、ごくりと、おかしいほど大きな音を立てた。

「寺男が立ち去ってからのことなんだけどさ。惣墓に投げ込まれた薦の中から、佐川が生きた姿で助け出された上に、力也が、旅装束に着替えた佐川と一緒に、どこかへ立ち去るところを見たってさ」

「そんなことって……」

佐川の自死と浄閑寺への遺体の投げ込みは、長兵衛を始め、番頭の幸助や若い者頭の伝吉、そして他ならぬ力也までが加担した、大がかりな狂言だった。

(佐川さんは死んでへんのに、心中の片割れっちゅうことで、力也が死罪になるて、どないなことや。何で、そないなことがあるねんな)

地団駄を踏みながら、髪の毛をめちゃくちゃにかきむしりたくなったが、

(ここは落ち着かなあかん)

大きく息を吐いて、暴れ馬のような心を落ち着かせた。

「女郎屋の主人が、女郎の足抜けを手伝ったなんて前代未聞さね。汁粉屋で亘さまから聞かされたときは、わっちを担いでいるのかって疑ったけどさ。生真面目な亘さまがそんな手の込んだ嘘をつくはずないだろ。信じるっきゃないって思ったんだ」

「だから力也はその晩、帰らなかったんですね」

いずこかへ逃げのびる佐川を守って、明るくなるまで送っていったのだろう。

「力也の命が懸かってるんです。新藤さまにお願いして、訴え出てもらってください。もちろん、佐川さんが無事なことは伏せなければなりませんから、その辺りは上手く取り繕って……」

「とんでもねえ。表沙汰になったら、亘さまが、どうなると思うんだい。ご許可をいただいた四日のうちの一日をごまかして、女遊びに費やしてしまったってえことになるだろ。切腹させられちまうよ」

「じゃあ、今になってなぜわたしに打ち明けたんですか」

さくらは思わず声を荒らげた。

「佐川をかばう力也の心意気だけは、知って欲しいと思ってね」

小菊はしんみりした口調で言った。

さくらははっと胸を突かれた。

（小菊さんからしたら、新藤さまの命のほうがよっぽど大事やのに）

打ち明けるにはよほど勇気が要ったに違いなかった。小菊はじらしていたのではなく、迷っていたのだ。

「よく明かしてくださいました。小菊さんに聞いた話は誰にも言いません」

そう答えるしかなかった。

（誰にも相談でけへん。けど得心できん話や。いったいどないしたらええんやろ）

惚《ほう》けたように、考えがまとまらなかった。

ぼんやりしながら台所に戻ったさくらに、

「小菊の話て、何やったんかいな」と竜次が尋ねてきた。

「こんなときに、新藤さまとの、つまらないのろけ話をされちゃって。たぶん、小菊さん流の慰めのつもりだったんでしょうけど」

「しょうない奴っちゃなあ、小菊らしいわ」

さくらの嘘に、単純な竜次は納得したらしく、蒲鉾作りの作業を始めた。

さくらも手伝う。手を動かして何かしていないと叫び出しそうだった。

佐川の出自を知っていた長兵衛、幸助、伝吉は、お上の探索の手が佐川に伸びる前に、佐川をいずこかへ逃がしたのか。ともあれ、力也が佐川の秘密を、いつどうして知ったのか、なぜそこまで佐川をかばうのか合点がいかなかった。
(なんで力也を巻き込んだんか、旦那さんに聞いてみるしかあらへん。小菊さんから聞いたことは知らんふりで、聞き出す手はないやろか)

さくらには料理しかなかった。長兵衛の心の奥にしみこむ料理を作るしかない。
(病に効いて、心も身体も温まる料理がええ)

思いついたのは、肝ノ臓に良いと言われる蜆を使った『蜆のあんかけ揚げ出し豆腐』だった。
(旦那さんの心を解きほぐせる料理に仕上げられるやろか)

急く心をなだめながら、心をこめて揚げ出し豆腐を作った。

一階の奥まった座敷が長兵衛の居室だった。おさよにどう言って座をはずしてもらおうかと思案しながら、椀二つを載せた盆を持って、めったに入ることのない最奥へと向かった。庭に面した障子は、この陽気というのに、ぴたりと閉められていた。

「さくらです。肝ノ臓に良いと言われる蜆料理を作ってみました。少しだけでも召し上がりませんか」

長兵衛の咳き込む音と弱々しい声がしたが、くぐもっていて、何を言ったか聞き取れなかった。代わりにおさよが音を忍ばせるように静かに障子を開けた。病人特有の臭いが、廊下にどっと流れ出した。

長兵衛は寝床の上に座していた。肩には、初夏だというのに、綿が入った丹前がかけられている。表情に力がなく、眼差しは虚ろだった。

「おさよ、さくらが来てくれたから、代わりに少し休んできなさい」

長兵衛は労るようにおさよに言った。長兵衛が倒れてからは、おさよがずっとつきっきりだった。恋女房のお勢以は、看病どころか、驚きの余り、高熱を出して寝ついている。おさよの鬢にほつれがないのは、さすがだったが、顔には疲れが色濃く漂っていて、十歳ばかり老け込んで老婆のように見えた。

「障子は開けておこうかね」

おさよは、着物の裾を引きずりながら、曲がり廊下を歩み去っていった。

「揚げ出し豆腐に蜆のあんをかけてみました。お口に合うか分かりませんが」

長兵衛の枕辺に盆を置いた。揚げ出し豆腐の上に蜆のあんをかけ、大根おろし、土生姜、葱、飾りに殻つき蜆が載せてあった。

「おさよの分は、さくらが食べてはどうですかね」

長兵衛の勧めに、さくらはもう一つの器を手にした。

「どれどれ。これは良い匂いですな」

長兵衛がおもむろに箸をつけた。

「出汁が上手く出ていますなあ。あんの舌触りもちょうどいい。これは美味しい。蜆の滋養がたっぷり詰まっていて、肝ノ臓に効きそうだね」

長兵衛は生気がないながらも、柔和な笑みを見せた。

「よろしければまた作らせていただきます。佐野槌屋にとって、旦那さんはなくてはならぬお方です。早く元気になっていただかねばなりませんから」

「見世に来てまだ半年にもならないさくらにまで、そう言ってもらえるなんて嬉しいですよ。わたしは、この見世のためだけに生きてきましたからね」

さらにじっくり味わうように、ひと口、ひと口、ゆっくりと口に運んだ。

「では、わたしも相伴させていただきます」

長兵衛に合わせて、さくらもゆるゆると食べ始めた。

居室に面した坪庭には、人の背丈ほどある庭桜の木が、八重の白い花を咲かせていた。何から切り出すべきか、さくらが迷ううちに、

「久々に美味しく食べられましたよ。食べ切れないと思いましたが、ほれこの通り」

穏やかな笑みを浮かべた長兵衛は、食べ終わって空になった器をさくらに手渡した。庭桜の花がひらひらと舞い散って、苔むした地面に可憐な彩りを添えた。

「力也は可哀想なことをしました。どうしてやれば良いのか分からなくてねえ」

長兵衛は、悲痛なまなざしで、さくらを見た。

(よし。当たって砕けろや)

心を決めたさくらは、逸る心を押し殺して息を整えた。

「今だから申しますが……わたしは佐川さんの本当の出自を知っているのです」

器を片づけながら、静かな口調で長兵衛に語りかけた。

「え、何だって。じゃ、じゃあ」

長兵衛は目を大きく見開いた。見る間に顔色が変わる。もともと土気色だった顔が、さらに青黒くなった。

「寮にいたとき、佐川さんの口から、大坂での騒乱の首謀者、大塩平八郎の縁につながると打ち明けられたのです」

さくらの言葉に、長兵衛のやせこけた頬を汗が伝う。顎にやった手が、おかしいほど震えている。力也がこのようなことになって、ひどく悩んでいることは明らかだった。

だが、長兵衛にすれば、佐川が生きているとは、口が裂けても言えない。時が惜しい。

しばらくすればおさよも戻ってくる。

さくらは意を決して切り出した。

「あの夜、浄閑寺での出来事を見ていた人がいるのです」

「何だって」

長兵衛は、釣り上げられた鯉のように口をぱくぱくさせた。

「佐川さんがお上に捕らえられれば、佐野槌屋にも詮議が及びます。見世と佐川さんを救うために、佐川さんを死んだことにして逃がしたのですね」

さくらの言葉に、長兵衛の落ちくぼんだ目の奥が揺れた。

「力也は義侠心のある子です」

言いかけて長兵衛は激しく咳き込んだ。さくらは長兵衛の背中を撫で、お茶を勧めた。

落ち着きを取り戻した長兵衛は、ぽつぽつと事情を話し始めた。

――長兵衛、幸助、伝吉が密かに相談していたところ、力也が偶然、立ち聞きした。

狼狽する長兵衛らに力也は言った。

「『義を見て為さざるは勇なきなり』です。俺も手助けします」

腕に覚えがある力也は、夜道を行く佐川の警護を自ら買って出て、甲州街道の内藤新宿まで送っていった――と。

「あの子は、ひとたび加担したからには、秘密を守り通そうとしているのでしょう」

長兵衛は、はらりはらりと大粒の涙をこぼした。

一気に身体の力が抜けていった。力也が、あくまで佐川をかばうつもりなら、思いを貫かせてやるしかない。納得しないわけにはいかなかった。武士に二言はない。武士になることを目指していた力也の心はすでに立派な武士だった。

「力也が決めたことなら、わたしがとやかく申せません」

さくらは静かにうなずいた。

見世のほうからにぎやかな三味線の音や、人のざわめきが聞こえてくる。

「わたしはね、楼主なんぞになりたくなかったんですよ。本当は学問がしたかった」

長兵衛は庭をながめながら静かに語り始めた。

「儒学を学ぶうちに、名高い陽明学者大塩平八郎先生のお志を知りましてね。粋がって肩入れしたんですよ。ある人から『先生の側妻、ゆうさまの妹御が、先生のお考えを広める資金を調達するため、身売りしたいと言っておられる』と持ちかけられたとき、喜んで引き受けたのです。それが佐川でした。佐川の美貌で、佐野槌屋の名を上げられればという卑しい気持ちもありました。そのときは、まさか、先生があのようなことを引き起こされるとは、思ってもみなかったのです。陽明学は実践を重んじますから、今にして思えば、大いに有り得た話なのですがね。わたしは浅はかでした」

さくらは、長兵衛の目を見詰めながら、静かにうなずいた。

「佐川は、さくらにだけは、自身の無事を伝えたいと言いましたが、謀は密を以ってなすべきと、力也が、かたくなに言い張りました」

「力也がそのような事まで言ったのですか」

さくらまで巻き込みたくないとの気配りが嬉しくもあり、水臭くも感じられた。

「佐川は、わたしの生まれ故郷若狭の尼寺で出家し、亡くなられた平八郎先生の菩提を弔うそうです。先生を心からお慕いしていましたからね」

この上は、力也の不運を知らぬまま、佐川が心静かに生きられればと、さくらは思わずにいられなかった。

「わたしはね。力也にもはや謝れないことだけが、この世での心残りなのですよ」

「そんな縁起でもないことを言わないでください。佐野槌屋は旦那さんがいなければ立ちいかないではないですか」

「お勢以は妓楼の生まれにしては、乳母日傘でおっとり育ちましてな。ふふっ、いつまでもお嬢さまなんですよ。こんな折にも、自分が寝込んでしまうくらいでね、心がとびきり弱いんです。わたしがいなくなればどうなることやら。侠客上がりの幸助も、強面だけが身上で大勢の上に立つ器ではありません。おさよは気がよく回るものの、目先ばかりで困ります。さくら、あんたは賢い。今まで色々助けてもらいました。陰日向になって、お勢以を支えてやってください。お願いしますよ」

思いがけぬ言葉に、さくらは驚いた。

「もったいないお言葉です。わたしには料理を作るしか能がありませんのに」

「佐川だって、さくらの料理で生き直そうと心に決めたじゃないですか。さくらの料理には情があります。料理は巧拙ではなく心です。料理が、食べる者に生き方を問いかける。そして、食べた者が生き直せるようになる、さくらの料理はそのような料理ですよ」

長兵衛はふっと明るい笑顔を浮かべ、

「おや、おや、不思議ですね。先程食べた蜆料理のおかげで、なんだか、わたしも、もうしばらく生き延びられそうな気になってきましたよ」

茶目っ気たっぷりに言い添えた。

「もったいないお言葉、ありがとうございます。ほんとうにそのような料理を作れるよう、これからもこの見世の台所で頑張ります」

さくらは、長兵衛の言葉を心に刻みつけて、静かに部屋を辞した。

翌日、力也が大番屋に移されることになった。塚本が奉行所から入牢証文を取り次第、小伝馬町にある牢屋敷送りだという。さくらは、竜次ら佐野槌屋の面々とともに、力也を見送るしかなかった。

面番所の戸口が引き開けられ、塚本が姿を現した。次に、縄を打たれた力也が、十手を手にした小者に縄尻を取られて、戸口から足を踏み出した。

力也は人が変わったように頬がこけていた。右の頬が腫れ上がって、口元には血の乾いた跡があった。

「力也」

さくらの呼びかけに、力也は静かに微笑んだ。

「さくらさん、佐野槌屋の皆さん、お世話になりました」

今まで見たこともない大人の顔だった。

覚悟を決めた力也は、この上なく光り輝く、まさに生人形だった。さくらは、力也の目を見て静かに頭を下げた。今生の別れになる。今度、会えるのは、亡骸になった姿なのだ。

引っ立てていく一行が大門をくぐって、廓の外に一歩、踏み出そうとした。大門をくぐれば、さくらはもう見送っていけない。万感の思いで見詰める力也の後ろ姿が、にじんでおぼろになっていった。

さくらが涙をそっと袖で拭ったときだった。

「お待ちくだせえ」

一行が歩を進めたそのとき、大門の陰から現れたのは……

肩で息をする伊織だった。

伊織は塚本の前に膝をついて平伏した。

「松本亀八生人形一座の人形師で弥吉と申しやす。佐川花魁が亡くなったあの夜、あっしは、そこにいる力也と一緒におりやした。間違いございやせん」

職人らしい言葉で訴える伊織に、岡っ引きが腕まくりしながら凄んだ。

「何だと。いい加減なことを言いやがると、てめえもひっくくるぞ」

「力也とは、つい先日、出会ったばかりなんでやすがね。お互い、一目惚れというんでしょうかねえ。それ以来、人目を忍んで逢瀬を重ねる仲になったんでやす」

伊織の思いがけぬ言葉に、力也は面食らったように目を見開いた。

（伊織さまに策があるんやな。何とかなるかもしれん）

力也と目を合わせ、何も言うなと首を小さく横に振った。

「あの夜、力也は、佐川花魁のために経を上げてやった後、どうにもやるせなくなったのでしょう。真夜中に小屋を訪ねてめえりやした。あっしは、毎晩、居残って人形の手入れやら、さらなる工夫やらをしておりやすもんで、今までも、しょっちゅう小屋の内で逢い引きしてやした」

「馬鹿野郎。そんな嘘八百が信じられるけえ」

塚本の一喝に、伊織は塚本の足元に取りすがった。

「嘘なんかじゃごぜえやせん。なにとぞお聞き入れを」

「うるせえ」

塚本が伊織を足蹴にした。伊織の身体が地面にごろりと転がった。

(もうあかん)

一縷の望みはぷつりと絶たれてしまった。

塚本一行がいよいよ大門をくぐろうとする。

「待って」

呼びかけるさくらに、力也は、もういいんだと言うふうに、小さくうなずいた。

静かに引かれていく力也の後ろ姿を見送れば、涙が頬を、とめどなく伝った。

「どないもしょうない」

竜次がさくらの肩をぐっとつかみ、さくらがあふれ出す涙を袖で拭ったときだった。

「おっと、待ってくんな」

横合いから姿を現したのは、あの辰五郎親分だった。背後から、を組の法被を着た鳶人足たちが、ばらばらと姿を現す。

「お、おめえは……」

「へえ、ご存じ、を組の辰五郎てえ、ちんけな野郎でさあ。八丁堀の旦那がたには、日頃から何かとお世話になっておりやす」

辰五郎は嫌味なほど満面の笑みで、馬鹿丁寧なお辞儀をした。貫禄ある大親分がへりくだると、かえって、何を企んでいるか分からぬ凄みがあった。

「う、むろん、よく知ってらあ。で、その辰五郎が何の用でえ」

「旦那、俺が生き証人でさあ。あの夜、妾の家に寄った帰りに、ぷらりと小屋を覗きやしたんです。いつも夜鍋に精を出す弥吉のために、差し入れの鮨を持っていったところ、そりゃあ、驚いたのなんの。小屋の外まで、獣みてえな、うなり声が聞こえてくるじゃありやせんか。生人形が動きだしやがって、弥吉が食われてるんじゃねえかと、恐る恐る、小屋の裏から入ったと思いねえ。そしたら驚いたねえ。力也と弥吉が小屋の中で、しっぽりどころか、くんずほぐれつなところをこの目でしかと見届けましたのさ。ありゃあ、見物だったねえ。俺ゃあ、女しか相手にしねえんだが、力也のような美童なら、味見してみたくもなるってえもんで。ねえ、塚本さま、塚本さまなら、よ～くお分かりじゃござんせんか」

塚本に間を与えず、まくし立てた。

「な、なんだと。戯言ばかり並べやがって」

塚本の顔が青白くなったと思うとたちまち上気した。

「なんや、旗色が変わってきよったで」

竜次の言葉に、さくらは大きくうなずいた。

「若い者同士だ。そりゃあ、激しいもんで、見ちゃいられねえ有り様でしたぜ。へへ、ご所望とあらば、どんな具合にまぐわっていたか、詳しくお教えしますぜ」

辰五郎は思いきり、下卑た笑顔を見せた。

「いらねえ、いらねえ。それ以上、愚弄しやがると許さねえぞ」

「旦那に、とんだ大目玉を食っちまったなあ。がははは。なあ、野郎ども」

辰五郎は、背後に控える鳶人足たちのほうに振り向いて嫌味たっぷりに笑った。

「塚本の旦那は、俺の話を信じてくださらねえとよ。俺は嘘がでえっ嫌いだ。今の今まで嘘なんぞついたことがあったかえ、なあ」

「親分の恥は子分の恥でさあ」「親分の汚名をそそぐためなら、何でもしやすよ」

鳶人足どもが、何度も首を縦に振りながら、口々に言い立てた。

「なんだとぉ、俺を脅すつもりけえ」

こめかみに青筋を立てた塚本が、辰五郎の眼前に朱房《しゅぶさ》の十手を突き出した。

（やっぱしあかんやろか。塚本はお上の威信にかけてつっぱねるんとちゃうやろか）

二人の攻防を、さくらは息をつめて見守った。力也の顔も緊張でこわばっている。

「ねえ、塚本さま。身をやつして市中の噂を拾い回るのも、隠密廻りのお役目でやんしょ。そんなときゃ、供なんて連れちゃいねえや。たった一人でえ。商人や職人どころか、物乞いに身をやつすことだってある。気をつけねえと名もねえ物乞いが、ある日、堀にぽっかりなんてね」

辰五郎は〝たった一人〟というところをことさら大声で言い立てた。

「なあ、左門の旦那よう」

辰五郎の目が、まさに獲物に襲いかかろうとする鷹のように輝いた。

「ううう」

塚本がうめき、さくらも、ここぞとばかりに口をはさんだ。

「聞けば、力也が心中を図ったと訴え出た人は、を組を追い出された梯子持ちというじゃないですか。大親分と無頼の段六とどちらをお信じになるのですか」

「ほんまや、ほんまでっせ」と竜次が合の手を入れた。

「俺と段六、どっちを信じるか、お返事をいただかにゃ、このまま帰れませんぜ」

またまた、大ぶりな歯をむき出した満面の笑みで、辰五郎が凄んだ。

「む、むろん、辰五郎を信じるしかあるめえ。あ、当たり前じゃねえか」

塚本は顔を引きつらせながら答えた。

「ありがとうござえやす。塚本の旦那は話の分かるお方でえ」

辰五郎が馬鹿丁寧に頭を下げた。

「なあ、辰五郎、訴え出るならもっと早くせぬか。今日、奉行所に入牢証を願い出るところだったぞ。ははは。ともあれ、濡れ衣で人を罪に落としたと、後々、判明いたせば、お役御免どころか切腹を免れぬところであった。礼を言うぞ。はははは」

塚本は額に汗を光らせながら、扇子を取り出して首元に風を送った。

「ついさっき、子分から力也の難儀を聞いて、こりゃあいかんと駆けつけやしたところ、当の弥吉が一足先に来ていたってえわけでさ」

辰五郎の言葉に、伊織も言葉をはさんだ。

「あっしも、愛しい力也がぱったりやって来なくなったもんで、不思議に思っていたところ、心中の生き残りでお縄になったって聞きやして、そんなはずはねえって慌てて訴えに来やした」

「あ、あい分かった。しかしだな、力也当人がなぜ、弥吉の話をしなかったんでえ」

痛いところを突いてきた。が、伊織は平然とした口調で言葉を返した。

「それにはわけがごぜえやす。あっしへの気遣いでさあ。あっしは、二年前《めえ》から亀八師匠のお嬢さんと許婚でございやす。この興行が終われば祝言ってときに、力也との仲が知られりゃ破門になりまさあ。あっしが人形作りに命を懸けていると知っている力也は、あっしのために命を投げ出すつもりで……本当に馬鹿な奴でさあ」

伊織は、感極まったように涙をこぼした。

「分かった。分かった」

塚本はもう聞きたくないと言うふうに手を振った。

「面番所に戻る。書面をしたためた後、力也を解き放つゆえ、しばし待て」

塚本は、力也を伴って面番所に引き返していった。

「ありがとうございます」

さくらは伊織と辰五郎に深々と頭を下げた。

辰五郎がにやりと不敵な笑みを浮かべ、伊織が優しい笑顔で何度もうなずいた。

竜次に黙ったままにできないと考えたさくらは、固く口止めした上で、佐川は無事だと伝えた。

四

力也が解き放たれてから十日ばかり後の昼下がりだった。伊織が、別れの挨拶のため佐野槌屋にやってきた。松本亀八一座は小屋を畳んで、新しい興行先を目指すという。行く先は、遠く、陸奥仙台だった。

「さくら、台所はええさかい、わいの代わりに、この銭で、弥吉はんに美味い物、食わせたれ。たいしたことはできんけど、わいの気持ちや言うてな。力也の人形を作ったいうだけの縁やのに、身体を張って力也を救うてくれたんやさかいのう」

竜次は懐から巾着袋を取り出して、巾着袋ごとさくらに手渡した。

「分かりました。じゃあ、どこのお店にしましょうか。弥吉さんも、わたしと同じ、大坂の生まれだと聞いています。できれば京坂風のお店がいいと思うんですが」

「そやな。ほんなら『祇園豆腐』ちゅう田楽屋がええやろ。かかか。祇園は京にあるさかい、大坂とはちゃうけどな。ともかく京坂風で、味はええんや」

何も知らない竜次は上機嫌でさくらを送り出してくれた。

伊織と二人きりで話せることに胸が躍った。

祇園豆腐は、揚屋町の路地裏にあって、こじゃれた店構えだったが、今は客が、さくら二人きりで閑散としていた。

店の前に置かれた床几に並んで腰をかけ、白味噌を塗った『豆腐の田楽』を食べ始めた。たおやかな舌触りと、はんなりした甘味が、懐かしい大坂を思い出させた。

「力也のことでは、お世話になりました」

「いや、皆、辰五郎親分のおかげですよ。私が親分に相談に行ったところ、段六絡みと聞かされた親分は大いに立腹し、二つ返事で引き受けてくれました。ふふ。私と力也どのの艶めいた話も親分が考えついたものです」

「そうでしたか。伊織さまらしくない、思いきった嘘だと感心していました」

さくらは、袂で口元を覆いながら、柄にもなく、おほほと笑った。

（親分も、わたしみたいに、おせっかいの虫を身体の中に飼うてはるんやな）

辰五郎を身近に感じたさくらだったが……

「親分は、段六を簀巻きにすると息巻いて、子分たちに行方を追わせましたが、すでに江戸から逃げ去った後だったそうです。この先、段六が、のこのこ舞い戻ってこようものなら、なますに切って魚の餌にするらしいですよ」

「そ、そうなのですね」

やはり辰五郎は、血の気の多い俠客だと思い直した。

「それにしても塚本という同心には、これからも気をつけねばなりませんね」

伊織は、形の良い眉を、心配げにきゅっと寄せた。

店の格子窓の前を、禿を連れた遊女が二組、通りすぎた。朝風呂に出かける遊女たちは西河岸辺りの下級女郎らしかった。昨夜の客の悪口を言い合ってけたけた笑う声が近くで聞こえたと思うと、ゆるゆると遠ざかっていった。

「桜子どの……」

伊織は、ふいに懐から紙の束を取り出した。丁寧に畳まれた十枚余りの古びた紙には、絵が描かれていたが、折り畳まれているので何が描かれているか分からなかった。

「あの頃、何枚描いたか知れません。その中で、特によく描けた絵を今も残しています。大坂を出奔する際も、しっかと身につけていました」

「昔は絵ばかり描いていましたね。いったいどれだけ紙を使ったことやら」

大坂で姉弟のように仲良く過ごした日々が懐かしく心に蘇った。

「そういえば、伊織さまは、長芋きんとんのこと、覚えておられますか」

「私が、一度『また作ってください』とねだると、毎日のように作ってくださいましたね。私はすぐに飽きてしまって、美味しそうに食べるのが辛かったです」

「ええっ。それは知りませんでした。言ってくれれば良かったのに。今になって言われても困ります」

恥ずかしさで、さくらの頬がかっと熱くなった。

「せっかく作ってくださったのに、飽きたとは言えなかったのです。ごめんなさい」

伊織は申し訳なさそうに額の辺りをかいた。

「もうっ、許しませんよ」

さくらは膨れっ面をしてみせた。

「そう、そう。私は、桜子どのの、そういう怒った顔が好きでした」

伊織はおもむろに絵を広げ始めた。一枚、一枚には、様々な表情をした、一人の美女が描かれていた。

「あ〜。いつぞや、わたしをからかった、あの美人画じゃないですか」

「桜子どのは、誰を描いたのか、やはり分からないのですか。そっくりに描けていると思ったのですが、あの時も、私がからかったと決めつけましたね」

伊織は懐かしげに笑った。

「からかったのではないとでも言うのですか」

「ひどい人ですね。この絵は全部、桜子どのではありませぬか。私はそっくりに描けていると思っています」

「ええっ。またわたしをからかうつもりですか」

さくらは絵を一枚、一枚、丹念に見直した。

「若い頃だって、わたしは、こんな美形じゃなかったです。もっと癖のある、へんてこりんな顔です。他人さまにすぐ覚えられる顔なのが、子供の頃から嫌で嫌でしょうがなかったものです」

「しかし、私の目には、このように見えているのです」

伊織の言葉に、さくらの頬が燃えるように熱くなった。

「似ているかどうかはともかく、あの頃、本当に仲が良かったですものね」

照れくさくなって話をはぐらかした。

「桜子どのは、同い年なのに、私のことを弟のようにしか見ておられなかった。あの頃は、そのことがとても寂しかったです」

伊織は真顔になってうつむいた。

「え」

まさかまさかの言葉に、さくらはわが耳を疑った。心臓が、子兎のように、ぴょんぴょんと跳ね始めた。

「まだ元服前だった私は、桜子どのに一人前の男として認めてもらいたい、平山家に立派な跡継ぎとして迎え入れられたい一心で、剣の道に精進したものです……養子話が降ってわいたとき、どれだけ落胆したことか。大隅家に入った後は、未練を断ち切るため、桜子どのの姿を見るたびに道を換えたり、急いで物陰に身を隠すなど、できる限り、顔を合わさぬようにしていました」

「そ、そうだったのですか。じゃあ、伊織さまが道場を去るとき、わたしの手に触れたのも……」

熱いものが込み上げてきて言葉が途切れてしまった。身体が、柔らかな温もりに包まれていく。

「でも、こうしてまた巡り会えました」

伊織は深い眼差しでさくらを見詰めた。清々しいまでの笑みがまぶしくて、さくらは目をそらした。

「何もかも、すれ違っていたのですね。わたしのほうは、伊織さまが道場を去られた後になって初めて、好もしい殿方だと思うようになりました。でも、わたしの独り相撲だとばかり思っておりました」

「桜子どの。桜子どののお気持ちを知ることができて嬉しく思います。この先もこの絵とともに、歩むべき道に精進したいと存じます」

伊織は、さくらとは目を合わせず、言葉を振り絞りだすように言った。

ひと筋乱れた髪が端正な横顔にかかり、さくらはぞくりとした。

「わたしを連れていってください」

言葉が突然、口を突いて出た。

伊織は、一瞬、動きを止めた。

「私は以前の武田伊織ではなく、今は、卑しい香具師の弥吉なのですよ。しかも修業を始めたばかりの身で、いつ独り立ちできるかさえわかりません」

伊織は辛そうに目を伏せた。

「わたしだって、今は武家の娘ではなく、妓楼の下働きです」

二人は見詰め合った。手を取り合うこともなく、ただ見詰め合った。店の調理場から何かを洗う水音が響いてきた。女のこほんという咳が一つ聞こえた。

「一座は、明日の夜明け前、小屋があった場所に集まることになっています」

静かに立ち上がると、伊織は、床几の上に田楽の代金を置いた。奥から出てきた若い女中が礼を言い、伊織が先に立って店を出た。

「分かりました。きっと参ります」

さくらも伊織に続いて店の外に足を踏み出した。路地に面した家の塀から、早々と咲き始めた、金糸梅の黄色い花が顔をのぞかせていた。もうすぐ梅雨が来る。

「今一度、あの長芋きんとんを食べてみたいものです」

振り向いた伊織は茶目っ気たっぷりに笑った。

「この先、いくらでも作ります。いやと言うほど作ります」

さくらも笑った。二人は軽い足取りで路地を抜けて揚屋町に出た。伊織の後ろを半歩遅れてさくらが歩く。待合の辻と呼ばれる四つ辻に差しかかった。

「では、また明日」

「はい。必ず、参ります」

さくらは佐野槌屋のある江戸町二丁目へ、伊織は真っ直ぐ大門へと向かった。

「しもた」

伊織の後ろ姿を見送った後になって、さくらは、ぽんと手を打った。

（のぼせ上がってたさかいに、竜次さんから田楽のお代を預かってたのを、すっかり忘れてたわ）

口から明るい笑い声があふれ出た。

さくらの足は、まるで雲の上を歩いているような心地だった。

(伊織さまもわたしのことを女として好いてはった)

喜びが体中を駆け回った。今までの長い空白を満たそう。伊織と共になら、貧乏も旅暮らしも苦にならない。

(けど、竜次さんにどう切り出そかな。急なことやさかい驚くやろな)

力也の行く末も気になったが、佐川の一件で一人前の大人だと分かった。おせっかいの虫が騒いで、あれこれ世話を焼きすぎるのは、力也にとってありがた迷惑だろう。

(そや、そや、今日のうちに、女通り切手の木札を出してもらわな)

佐野槌屋の手前で、くるりときびすを返して吉原会所に向かったさくらは、一刻ほどで渡せるという返事をもらい、意気揚々と佐野槌屋に戻った。

「ただいま」

弾む心で裏口から入ると、竜次と力也が、仲良く台所の上がり框に腰をかけていた。白湯を飲みながら塩豆をぼりぼり食べている。

「さくら姉ちゃん、お帰り。なあ、聞いてくれよ」

力也はさくらを見て、甘えたような顔を向けた。

(こないだとえらい違いや。一人前の男になったかと思たら、童に逆戻りかいな)

さくらは残念に思う一方で、わけもなく嬉しくなった。

「俺、前に通っていた道場へ通わせてもらえるようになったんだ」

力也は目を輝かせながら言った。

「玄武館といえば、神田於玉ヶ池じゃない。行き帰りだけでも一刻はかかるのに、お見世の仕事はどうなるの」

「長兵衛さんが許してくれたんだから大丈夫さ」

力也にとって最良のご褒美に違いなかった。

「つまり、力也は、この先、佐野槌屋の、いや、吉原一帯の用心棒を目指すっちゅうこっちゃ。料理人にならんのは残念やけど、しょうないわ」

竜次がいかにも無念そうに口をはさんだ。

「それでもって、佐川さんのような女に惚れられる男になりてえんだ」

力也はついでのようにぼそりとつぶやいた。

「はい、はい。けど、佐川さんほど、心も姿も美しい人なんてなかなかいないと思うけどね」

さくらが茶化す。

「それはそうと、力也から聞いたんやけど、さくらの親父はんは、ほんまは料理人になりたかったんやてな」

竜次が、塩豆をぼりぼり嚙みながら、のんびりした口調で尋ねた。

「え、ええ」

「女の身で料理人になりたい思たんは、つまり、親父の〝仇討ち〟やったんかいや」

あの夜、初めて心の内を垣間見せた、父平山忠一郎の面影がさくらの心に蘇った。父は外で美味しい料理を口にするたび、家に帰ってから、あれこれ工夫して自ら再現しようとしていた。客人や、一人娘のさくらを美味いもので喜ばそうとしてくれた。

料理をしている間はきっと楽しかったのだ。だが、武芸者である父にとって料理は余技とせざるをえなかった。苦虫を嚙みつぶした顔で料理していたのは、かなわぬ夢への無念さのためだったのだろう。料理人になりたかった父の思いが、さくらの心を揺らした。

「最初は、竜次さんの言い草に腹が立って、いっそ他の所で修業しようかと思ったのですが『竜次さんと根比べ、勝負や』と思って、料理をさせてもらえるよう頑張ってきました」

「ほんで、勝負はもうお仕舞いかいな」

竜次がからかうような口調で言った。さくらの負けん気が頭をもたげた。

「いえ、本当の勝負はこれからです。腕を上げて、竜次さんをうならせる料理を作れるようになります」

口が勝手に動いて、言葉を紡ぎ出していた。

（分かってる。分かってたんや）

ついていけば、修業中の伊織のお荷物になる。それぞれに目指す道がある。分かっていたことだった。

「へえへえ、せいだい頑張ってや」

竜次は不敵な笑みを浮かべた。

「竜次さんを倒して、次はもっと凄い料理人と勝負しますから」

「おお、こわ」

さくらと竜次はにらみ合った。お互い、目だけ笑っていた。

その夜、寝床に入ったさくらは、いつまで経っても寝つけず、夜着を頭からかぶった。同じ部屋に住まう、女中や下働きの女たちは、とっくに白河夜船で、気持ち良さそうな寝息を立てている。

二階からは、さまざまな物音や声が聞こえる。いつも寝にくいと思っていたが、今夜は、今この刻《とき》にも懸命に生きている、人の生命の息づかいに思えてきた。

（そや、そや）

さくらは暗い台所に立って、長芋きんとんを作り始めた。

（『長芋きんとんは飽きました』って言われたままでは、すまされへん。汚名返上、伊織さまとの勝負や）

料理は腕より素材が命との竜次の言葉を思い出し、仕入れられていた二十本余りの長芋の中から、よく吟味することにした。一番太く、真っ直ぐで、ひげ根が多く、しかも皮の茶色が均一で濃い芋を選んだ。

心をこめて丁寧に皮をむいてから、柔らかく蒸した。食感が残るように丁寧に潰す。力也のために、廃屋のような居酒屋『丸忠』の台所で作ったときは、味醂などなかった。砂糖もほんの少ししかなかったが、今日は、砂糖と味醂を十分に加えた。

きんとんができあがると、仕上げにひと工夫。柚子の皮の摺り下ろしをぱらりとかけた。

大門脇で女の出入りを見張っている四郎兵衛会所で、女通り切手の木札を見せ、まだ暗い田中の道を浅草奥山へと向かった。

奥山に着いてみると、小屋はきれいさっぱり取り払われて、そこに生人形の小屋が建っていたことが、夢の中の出来事だったように思えた。

真っ暗な中、小屋の者たちが、提灯を手に、三々五々、集まってきた。荷車を引く弟子たちに混じって伊織が姿を現した。誰もが旅装束だった。

「あ、さくらさん」

さくらの姿を見つけた伊織は、さくらが旅装束でないことで、すぐ察しがついたらしい。唇をぐっと噛んでから、きっぱりと言った。

「見送り、ありがとうございます」

曇りのない明るい声音だった。

(伊織さまも分かってはったんや)

足元で玉砂利がしゃりっと軽い音を立てた。

「出立まで今少し、刻がありますから、話しませんか」

伊織は、淡島堂の裏手にある、人気のない堂宇へと、さくらを誘った。辺りはまだ真っ暗で、さくらと伊織の持つ、提灯の灯だけが頼りだった。

「これ、長芋きんとんです」

「ええっ。こんな折に、曰くつきのきんとんなんですか。確かに昨日、食べたいって言いましたけど『またいつか』って言ったはずですよ」

伊織はいかにも呆れたように、肩をすくめた。

「『今一度』って言いましたよ」

さくらが言い返し、二人は顔を見合わせて、くつくつと笑い合った。堂の階《きざはし》に座って、二人してきんとんを食べ始めた。伊織は黙ったまま何度もうなずいた。

闇の中に、朝の気配が、わずかながらも漂い始めた。

「懐かしい味です。この味に飽きるなんて、子供の頃の私は、味というものが分からなかったんですね。いや、あの頃より、桜子どのの料理の腕が、ぐんと上がった証でしょう。桜子どのも目指す道が見つかって良かった。私が生人形に生きる道を見つけたように……そう、それが一番正しい」

伊織は快活に笑った。

「今度、お目にかかるときは、この長芋きんとんを、もっともっと美味しく作ってみせます」

「私も、生人形師として、さらに真に迫った人形を生み出せるよう頑張ります」

伊織は大きくうなずいた。

お互いの目の奥に光る涙は気づかぬふりをした。空の底が、いよいよ白くなり始める。

「弥吉さん、そろそろ発ちますよ」

小屋の者の明るい声が響いてきた。

「じゃあ、ここでお別れいたしましょう」

「ごきげんよう」

「お達者で」

伊織は仲間たちの元へ歩み去った。

松本亀八一座が、小屋のあった場所に一礼してから、ゆっくり旅立っていく。

（これが今生の別れっちゅうわけやない）

さくらは、一度も振り返らぬ伊織の後ろ姿を、見えなくなるまで見送った。

夜空が、ほのぼのと赤みを増していく。夜が一歩、遠のき、朝が一歩、向かってくる。

心が鮮やかな色に染まっていく。

「さあ、佐野槌屋に戻ろう」

竜次が、力也が、そして、おるいが待っている。

自分の居場所に戻ったさくらは、襷をきりりと締めた。

（旦那さんは、ええ人やけど、見世のことを思うあまり、けちくさすぎやわ。これからはもうちょっと味噌汁の味噌を濃うできるよう、わたしから談判してみよ。見世におる

人皆に、できるだけのこと、したげたいさかいに)

さくらは、味噌漉しに入れた味噌を鰹出汁の汁に丁寧に溶いていく。

(そやそや、あの天ぷらの屋台にも行ってみたろ。下味のこつ、教えてって頼んでみよ。たまには天ぷらを揚げて、皆に食べさせてあげたいし)

小さいながらも夢がふくらんでいく。

さくらは台所の天窓からのぞく小さな青空を見上げた。

(伊織さまは今頃、どこらへんを歩いてはるやろか。今度会えたときは、もっともっと美味しい長芋きんとんを食べさせたる)

そのときは嫌というほどたくさん作ってやれとおせっかいの虫が騒いでいる。

この青空は、どこまでも続いている。

伊織とつながっている。

そして……

あの佐川ともつながっているのだ。

味噌汁を味見しながら、さくらは微笑んだ。

編集協力／小説工房シェルパ

本書は書き下ろし作品です。

六《ろく》莫《ば》迦《か》記《き》
これが本《ほん》所《じょ》の穀《ごく》潰《つぶ》し

新美　健

小普請組の葛木家の六ツ子は、そろいもそろって大莫迦者ばかり――戯作莫迦、傾奇莫迦、撃剣莫迦、葉隠莫迦、守銭奴莫迦、町人かぶれ莫迦。そんな様子にたまりかねた父は、長子にかぎらず最も優れた（ましな）ものに家督を継がせると宣言し、残りは牢に閉じ込めると！　てんやわんやしすぎの笑劇騒動時代小説！

ハヤカワ
時代ミステリ文庫

よろず屋お市 深川事件帖2 親子の情

誉田龍一

敬愛する元岡っ引きの万七が不審な死を遂げ、遺されたよろず屋を継いだ養女のお市。かつて万七の取り逃した盗賊・漁火の小四郎が江戸に戻っていることを知り、お市は独り探索に乗り出す。小四郎が犯した押し込みの陰で、じつの父と母が巻き込まれていた事実に辿り着くのだが……〈人情事件帖シリーズ〉第２作。

著者略歴　大阪府茨木市生，吹田市在住，作家

HM=Hayakawa Mystery
SF=Science Fiction
JA=Japanese Author
NV=Novel
NF=Nonfiction
FT=Fantasy

吉原《よしわら》美《び》味《み》草紙《ぞうし》
おせっかいの長芋《ながいも》きんとん

〈JA1426〉

二〇二〇年四月十日　印刷
二〇二〇年四月十五日　発行
（定価はカバーに表示してあります）

著者　出《で》水《みず》千《ち》春《はる》
発行者　早川浩
印刷者　矢部真太郎
発行所　株式会社　早川書房
郵便番号　一〇一 - 〇〇四六
東京都千代田区神田多町二ノ二
電話　〇三 - 三二五二 - 三一一一
振替　〇〇一六〇 - 三 - 四七七九九
https://www.hayakawa-online.co.jp

乱丁・落丁本は小社制作部宛お送り下さい。
送料小社負担にてお取りかえいたします。

印刷・三松堂株式会社　製本・株式会社フォーネット社

ISBN978-4-15-031426-2 C0193

本書は活字が大きく読みやすい〈トールサイズ〉です。